有故事的人

[第一辑]

严 彬 ◎ 主编

作家出版社

目录

李秀英，你爱我吧！

除了亲妈，我还有一个四娘   003

李秀英，你爱我吧！   008

我做梦都想做一回你的女人   011

"霜打的石榴，笑得甜"   018

姑奶奶的倔强爱情：为了爱情，抛家弃子   023

爱女狂"高老头"和其爱女之死   026

最后一位压寨夫人   033

奶奶走后，你不要使劲儿哭   037

那块父亲送的手表还在我手腕上   046

三寸金莲，最是情痴   050

不是因为你老实，我们才是一家人   058

孤独的52赫兹鲸

三次结婚的母亲，她的春天在哪里？   071

回去是离乡人，回来是流浪人   074

阿贵其人   082

终有一天，你会厌倦自拍，爱上合影   085

人生是一座医院   092

喝过人血的爷爷的故事   097

春天了，一定要记得开心啊 105

三娃被水鬼捉走了 112

沐浴在灰霾之下 119

凤凰花开，我儿子没了 123

来自星星的我弟弟和他孤独的家 137

认清回家的路 144

孤独的52赫兹鲸 160

一个"强奸犯"的心灵史 163

为了生男孩，那些年我们家颠沛流离…… 169

心静了，会听到手发出的声音……

我不知这二十年之痒该上哪去挠挠 181

我的三舅，是个阴阳先生 184

一个竹匠的"广陵散" 188

毛猴手艺人：心静了，会听到手发出的声音…… 194

为了那口馍馍，做了一辈子铁匠 199

棺材匠人：我做的这条船，去渡没了的人 205

你找过街头织娘吗？ 208

即将失传的绝技"打铁花"只剩这一家了 211

猫花匠枕在海棠花丛中，睡去了 215

当法国西南扁豆炖肉遇上中国湖南"厨子" 219

小孩小孩你别哭，过了腊八就杀猪 226

外公的夜歌子，为逝者招魂 233

身坐娘房透夜想，想起我身的妹娘 237

唉！那一对戏子夫妻 243

李秀英，你爱我吧！

除了亲妈，我还有一个四娘

三 四

四娘倒在血泊里，这种情景我以前是从书本上看到的。比如说，黄继光倒在血泊里了，董存瑞倒在血泊里了，或者说某某革命义士为了祖国大业与敌人展开殊死搏斗，终因某某倒在血泊之中。此后的几天，我脑海中挥之不去的就是那个下午，眼前像按了循环键，不断复播着动画片似的场景。那个场景太奇怪了，一个呱呱大的小伢子开着辆酷炫的125，追着云彩追着风，追着晚霞追着太阳。突然，他嘴角轻轻一挑，露出诡异的笑容。随后，攥一把油门，一下子拱向了我四娘电动车的屁股。我四娘已经五十岁了，但还是跟撑杆跳运动员一样飞了出去。她摔向马路牙子的时候真像个铅球，她把马路砸出一个黑乎乎的窟窿。随即，自己也躺在了那里，脑后跟开出了一朵人红花。

我爸打电话的时候我正在家写小说，那篇小说写到快三万字的时候我爸的电话来了。我一看是老爷子的，气得直想摔机，埋怨他不懂得体谅我，灵感不是说来就来的。我接通电话后大叫了一声，没等我上嘴，我爸就急了，说你四娘撞着了你知不知道？我登时蒙了，我说咋撞得？我爸的声音带着哭腔，他结巴着说，你四娘不行了。然后……

我打了自己一巴掌，我怕这不是真的。以前我写得酣畅淋漓的时候也常常出现幻觉，但我哎哟了一声，我就闭嘴了，我开始哆嗦。

人都没了，我还能说什么呢。

我哆嗦着点上烟，吸了一口不满意，又吸了一口，直到剩下烟蒂。

面朝大海啊，其实一片黑夜。

平静下来之后，我拨了两个电话，说了不到十秒钟，十秒钟之后又是一片黑夜啊。我迅速回顾了我这二十五年中跟四娘有关的细节，却发现一言难尽。

人都没了，我还能说什么呢？

我就一个哥，一个四爷四娘。从小，我俩一个喊妈，一个喊娘，一直喊到我懂事之后。在我稀里糊涂的岁月里，我不承认娘跟妈的性质一样。有些时候，我妈逗我，她说，娘跟妈是一样的，不然你爸为啥叫你奶奶娘。我不耐烦地说，我爸肯定不是亲生的！我妈哭笑不得。我妈哭笑不得，但我四娘很高兴啊，一下子有了两个儿子，叫谁谁也高兴。她最光辉的时刻可能就是适逢崔圪庄大集的那会儿。每当她挤出人群自东向西缓缓走来，我跟我哥从泥巴里跳出身子，总会对她大声呼喊。我们的声音钻入人群，他们就问，你有俩儿子？我四娘乐得合不拢嘴。她说，是啊，双胞胎。但人们总是半信半疑，他们说，双胞胎哪能这样，一个黑瘦黑瘦的，一个白胖白胖的。

除此之外，我跟我哥，一个内向，一个外向；一个乖巧，一个调皮。长大之后，就变成了一个稳重，一个毛躁。挨到一块，我总是反面教材。以往的年岁，到了夏天我们就挨打，不止一次。因为我们老被长辈捕鱼一样从河里捞出来，鸡毛掸子、老鞋底、棍棒，挨上啥我们的屁股也会开花。所以那年暑假到来之前，我们的人生就已经被编排了。我们顺利地被送入辅导班学画。我哥成绩不太好，学画格外用功，我们都知道，这可能是我哥唯一平步青云的机会。我哥天赋一般，肯卖力，因为他太善良了，唯命是从。我则是完全无组织无纪律，继续在河中流淌，做尽那个年龄段的孩子能做的一切坏事。只是有时闯祸太大，无法收场。于是母亲暴怒，追出十几里路一定要揍我，也跟父亲大打出手，差点被父亲吊打。四娘几乎成了我小时候的菩萨，当夜里我游荡在村外，不敢回家，给我庇佑的只有四娘。于是父亲每次都能轻而易举地从四娘家中将我提溜出来，那会儿我魂不守舍，惧怕于父亲的刑罚，绝望而胆怯。四娘把我拉开，只是不动声色地跟随而去，她坐在我家一个破败的沙发上，看着父母数落我，她不插手。只等父母消气了，她把我送到奶奶那里，转头对他们说，这事就过去了，谁都不许再提。有一次我偷偷问她，我说四娘，为什么我爸妈在你面前从不动手打我，我妈可是摸到什么就上的。四娘笑了，她说守着我的面，他们不敢。

守着我的面，他们不敢。一句话泪流满面。我知道并非父母真的不敢，是因为四娘懂得，为人父母者哪有不爱不疼孩子之人，但怒气当头，往往下得去手。四娘的哲学就是等，就是守，不仅以长辈的身份护着我，也以同样的方式避免父母犯下大错，追悔莫及。

小时候父母经商，常起早贪黑，我便天天待在四娘家，那时四爷跑客运，每次出车，四娘都会带些东西回来。有时是馋嘴的特色小吃，有时是百变好玩的小玩意。有时因为贪心，与哥哥起了争执，四娘从来都是把好的留给我，委屈了我哥。他常说的一句话就是，你是当哥的，让着你弟弟。我哥懂事，听四娘的话，留好的给我，从无怨言。一切的一切都加深了我的愧疚。

那年我考上大学，四娘特地准备了一桌丰盛的酒菜。席间，从不喝酒的她喝得大醉，她说，你是咱家第一个堂堂正正考出去的大学生，一定要做好人，做好事，长志气，外面不比家里。很少的话，很重的心意，常常让我如履薄冰，生怕辜负她的期许。

记忆如果有临界点的话，它可以左右一生。

二十七年了，一个人从你生命中突然剔除的感觉是痛彻心扉的。看到我四娘尸骨的一刻，我都像被抽空的棉被，差点窒息过去。她被撞得七窍流血，全身浮肿。我悲不自胜。

想想前几日还跟你说笑的人一下子就消失了，不甘心啊。她总是为我操心，得知我从广东回来，窝在家里写小说，她几乎天天来转悠，转悠。我知道她为我发愁。我说，发得哪门子愁，我又不是穷途末路了。她就嘻嘻笑着，也不搭话。

又一次她问我，写这个有啥用啊。我眨眨眼说，挣大钱出名啊！她说，那啥时候能挣大钱出名呢？我骗她，这就快了，你等着吧，挣了钱我带你和我妈出国。她嘿嘿笑了，露出满嘴的龅牙。见我老没动静，她又着急了，天天往我家跑，说是看我爷奶，实则全是打听我消息。那次说着说着又扯到这上面来了。她问，你小说写得咋样了？发表了没？我是真怒了，怒了就把娘跟妈不分了。我把牙咬得嘎嘣响，你别管！四娘嘿嘿笑着说，我不管，我不管谁管，我眼前就这么一个儿了。这话真他妈戳中了我的泪点，事后想起来我无法不痛哭流涕。

今年过年回家，琐事缠身的我忙于应酬饭局，末了回京前，特意去四娘的坟头看了一眼。坟已经没了，只有前几日新压的黄纸，孤零零缀在苍茫浮世间。

我拿出准备好的吃食，摆在田间地头。提出一壶酒，说了很多话。心中凄楚未定，但心却明亮许多。仿佛她并未离我而去。而是若隐若现地站在高处，我们举杯对饮，我把这些年来心里的痛和快，化成一杯浅浅的酒，带着无限唏嘘与怅惘，一饮而尽。

（本文据作者来稿节选）

李秀英，你爱我吧！

沙沙

春节翻看妈妈的手机，看到一条信息，让我感动万分。短信来自我爸，只有短短七个字：李秀英，你爱我吧！

爸妈是地道的山城农村人，妈妈是个热情话痨。爸爸内敛，从不言爱，也不会发短信。之前我教过他们几次，但他们都觉得打电话要方便得多，也不曾见他们使用短信功能。

那条短信时间是节前的，那时候爸爸还在外打工，妈妈手术后在家休养。看着短信，看着手机屏幕，我心情久久不能平静。

爸妈的故事最早来自妈妈，那个妈妈念叨了大半辈子的故事：

我小时候家里穷，爸爸在外打工养家，妈妈在家照顾我和哥哥念书。妈妈总说：你爸家太穷了，我本来才看不上他呢，要不是你小姨看上你小姨夫，非要跟他私奔（那时候家里的习俗，大的没嫁，小的不能结婚。这样一来，小姨就要离家私奔），我才不会嫁给他呢。

按我妈的说法，她算是无奈，下嫁给我爸了。

妈妈什么都好，除了个子矮；爸爸什么都不好，除了个子高——这是妈妈说的。他们的身高在现在就是最萌身高差。爸爸兄弟姐妹六个，家里条件不好。他是大哥，养大其他的弟弟妹妹。妈妈家条件比较好，兄弟姐妹五个。因为有重男轻女的思想，妈妈爱读书，却只念到初中。后来叔叔们都各自成家，社会和家里条件都越来越好，但是爸爸在外待的时间也越来越长，只有过年才回来。

每年爸爸回家了，妈妈就爱跟我们唠叨和自嘲：

你爸以前是和一个下乡的漂亮知青好着呢，可惜知青家里不同意。后来知青回城了，刚好又赶上你小姨的事儿，我才跟你爸走在一起的。你妈长相一般，还是个矮子，要是当时你爸真跟那个知青在一起了，你们就有个漂亮的妈妈呢。

小时候听这些总是不明白，还在想那个漂亮的妈妈会是长什么样子。长大些了，就觉得妈妈很搞笑，就会反驳她：

要是我爸跟那个知青结婚了，就没有我和哥哥了，他们生的小孩不是我们！

我妈总是嘿嘿地笑，然后我还会瞪她一眼，觉得她很无聊。现在听妈妈说起这些，就轮到我和我妈一起嘿嘿笑了。我觉得年过半百的妈妈像个小姑娘一样吃醋，分外可爱。

最近几年回家，越来越感觉"老来伴"这句话的正确性。妈妈去年手术一直陪伴左右的就是爸爸。手术之后爸爸越来越照顾她了，吵架从来都是爸爸任骂，骂完还要关心她的心情。早上爸爸给妈妈梳头，还要接受妈妈的批评：绑个头发都不会，太紧了。爸爸给妈妈洗头，妈妈会说比理发店洗得好……有时候我感觉自己就是一百瓦的灯泡在那儿亮着，心里还觉得好笑。他们两人吃完饭可以自己出去散步玩耍，却不告诉我一声。邻居有时候来家里问：你爸妈呢？我都只能回一句：不知道啊，他们出去了吧……

　　妈妈有时候还爱吃点儿小飞醋。爸爸跟邻居家谁谁又多说了几句话，又跟哪个阿姨去打牌了，都回来跟我抱怨。我只能说这些都是正常的交往，爸爸却还要过来解释才罢。

　　妈妈脾气一直不算好，却有一个一直包容她、照顾她的人。这样的父母也让我很满足。小姨管我爸不叫二姐夫，而是直接叫二哥，还总说我爸对我妈太好了。

我做梦都想做一回你的女人

——写给天堂的初恋

晚颜暮雪

这是一封寄给天堂的信，与其说是一封信，不如说是一个女子对她曾经爱过的初恋情人的一种思念和一份缅怀。也更是为了忘却的纪念，我希望天堂里的他能收到我的这份思念和祝福。

亲爱的东：

你好吗？

这么多年了，我还是喜欢这样叫你，现在已经是寒冷的冬天，你冷吗？如果你还活着，你的城市早已漫天大雪了。那个遥远又寒冷的北方小城，我从来没有去过，但我却用一生恋着它，因为那是你的城。我们最终没能走到一起，也跟我们相隔太远有关吧？

那年，我们正是青春年少，你和我同在四川某市读书，你是单位派来培训的，大我六岁。在我心中我感觉你就像我的一个兄长，如父般的亲切温暖。

还记得我们是怎样认识的吗？那时我多傻呀，同学非要我陪她去跳舞，由于我不会跳，只好装模作样地拿着一本书看，我哪里知道这跟舞场是多么不协调啊。别人请我跳，我只好拒绝。这时你红着脸走过来了，低声对我说："同学，你一定要帮我，他们在跟我打赌。"我抬起头来，原来一帮男生正在那里起哄。就这样我们认识了，从那以后，我不仅学会了跳舞，而且还爱上了跳舞，这一切都是因为有你。我们也从相识到了相恋，那段日子是我一生中最快乐最幸福的时光，我是那么的喜欢你，我不知道什么是爱，我只知道我喜欢跟你在一起，深深地喜欢在我心中那便是爱了。我们一起看书，吃饭，也一起逃课看电影。我爱你北方男人的爽直，爱你的成熟，爱你对我的好，爱你叫我那声"傻丫头"。而你也爱我的温柔，爱我的浪漫，爱我的善良，爱我南方女孩的那份文静与秀气，当然你说更爱我身上的傻气。

幸福总是那样的短暂，很快你就回到了你的家乡，我也到另一个城市去实习。距离让我对你的思念更切，更痛，距离也最终成为我们不能相爱的一道鸿沟。我费尽口舌，连哭带闹地好不容易说服了父亲我要去你的城市见你，可是你在信中却告诉我你已结婚。

这对我无异晴天霹雳，尽管你对我说了千种理由，万般无奈，我还是无法原谅你。

我想你就是我今生最恨的那个人，那段时间我每天都去舞场，为了报复你，我轻易地把一个少女最珍贵的东西给了一个我并不爱的人。我心中仍然无法忘记你，所以我跟这个人之间注定没有结果。那时我是多么的任性，多么的偏激，我想你既然不要我了，我的第一次为什么还要留给你呢？那个年代在我心中我把这第一次看得有多么重要。以后的日子告诉我，冲动之下做的任何游戏或报复都是会付出代价的，有时一念之差完全有可能影响到一个人未来漫长的一生。只是，亲爱的，这不是你的错，错在我。

后来我带着对你的思念，继续我的生活，就在我即将结婚前，你却给我来信，说你要来看我。为什么？你为什么要这样做？可是我心里还是一阵狂喜，去？还是不去？我在心里犹豫着。去，无非是让欲念得到绽放；不去，又抑制不住内心的狂想。终于还是去了，坐在镜子前，我看到镜中一个忧伤的女子眼里流着一湾溪水。于是不停地描眉画眼，在心里骂着自己的"无耻"，不停地告诉自己，我还没有结婚，这是最后一次见你，因为我们见面一次非常艰难，我不想失去这个机会。因为我做梦都想做一回你的女人。

那一次见面我永生难忘。你说你结婚出于无奈，你们两家是多年的世交，你又是孝子，但你心里又忘不了我，你到四川出差，最终还是忍不住跑来见我。你知不知道这是你的错？我本来以为我可以忘记你，可是，自从那次见面后，我就染上了一种叫做思念的毒，时常在孤独寂寞时发作。能够在你的身体下做你的女人，我是快乐的，哪怕只有一次，我也觉得足够了，也许只有一次才能永远。

后来我也结婚了，有了可爱的女儿，老公很爱我，虽然我当时并不爱他，我对他是一种感激似的爱。很多年后我才明白，平平淡淡其实也是一种幸福，只是那时我太年轻，总是不甘于平淡。由于当时我住在婆家，婆婆的更年期让我和她的关系非常不好，婚后一段时间我过得非常压抑。

你知道吗？我唯一高兴的就是每次收到你的来信。我们相隔那么远，也只有书信往来。我常想如果你现在还活着，该多好啊。现在不仅有手机，还有网络，它能使远在天边的你我近在咫尺。可我还是那么想念那段鸿雁传书的日子，想念收到信前的那份期盼，更想念拆开信时的那份狂喜。"云中谁寄锦书来？雁字回时，月满西楼。"虽然不解罗裳，没有兰舟，但我有李清照一样的凄凉悲悯情怀："一种相思，两处闲愁"总是让我"才下眉头，却上心头"。有时我也觉得有点对不起老公，但是我固执地认为精神上的背叛没有什么。其实，那时我更多的是在精神上爱着你，可以说你是我的精神支柱，是我的灵魂伴侣，因为有了你，我才觉得每天的太阳都是新的，每天的空气里都有你的气息。

那年，那个秋天，叶子纷纷坠落，人的思念也纷纷挂上枝头。那天我突然接到你的电话，你说你要来看我。放下电话后，我坐在那里发呆，心里开始跳个不停。那时我正在跟你生气，因为我有很长时间没有收到你的来信。但是我还是兴奋不已。那次你给我带了很多礼物，我傻气地问你为什么要讨好我啊？粗心的我竟然没有发现你眼睛里闪过的那丝悲凉，更没有发现你脸上的憔悴。

亲爱的，我真是好后悔，当时你想要我，可是我说了不。我说老公对我很好，我不想对不起他。这是理由吗？也许今天很多人认为那不是理由，但在我心中它是。可是亲爱的，你为什么不再坚持呢？你为什么不告诉我你是专程来看我的呢？那天我谎称替别人值夜班，我们相互依偎在一起，你给我讲了好多你从前没有讲过的事。现在想起来你的那些"如果"都是在暗示着我什么，而我没有一丝察觉，我第一次觉得自己好伟大，因为我们的情感超越了男女之情，我对你的爱已经升华为一种亲情，我感觉你更像我的一个兄长，我要你答应做我的哥哥。你笑着说"好，收下你这个傻妹妹"。其实把你送走后，我就开始后悔了，你知道吗？我做梦都想躺在你的身体下，我天真地想下次我一定答应你。可是再也没有下次了，我怎么也想不到那一次竟成了我们之间的永别！

永远也忘不了那个冬天，一样的寒风，一样的阴冷，一样的灰色天空。那一刻，我懂得了什么叫肝肠寸断，什么叫悲痛欲绝。上天为什么对你这么不公？为什么没有让你活着走下手术台？我知道每个人都有灰飞烟灭的那一天，在通往天堂的路上，没有年龄之分，一步与一百步对于时间长河来说只是先后问题。可是亲爱的，你为什么要走得那样急？那个阴霾的午后，当我打开你给我的信封时，除了你妻子的一张便条外，还有一个信封。原来那是你在手术前就写好了的，如果你不能活着出来，你就让妻子把这封信寄出。你知不知道我在悲痛之余，是多么地深感愧疚，我的良心受到了一次猛烈地撞击。原来你有如此贤良大德的妻子，你的妻子一直都知道我。可是她爱你爱到可以包容我。更让我感动和意外的是，我们的最后一次相见是你妻子提出来的，并且亲自陪同你到了四川，然后她让你一个人来到我的城市见我。我真的是为你的妻子深深地感动。老天虽然对你不公，但却赐给了你天下最美、最善良的妻子，还有我这个至今也无法忘记你的傻妹妹。亲爱的，你可以在天堂安心了。

多少年过去，我慢慢学会了忘记。可是为什么每当天空飘着阴冷的雨时，我的心里总是想起你？又是为什么从那以后我就爱上了苏轼的那首《江城子》？"十年生死两茫茫，不思量，自难忘。千里孤坟，无处话凄凉……"

亲爱的哥，让我这样叫你吧！我的良心好受一些。哥，什么时候我才能到你的坟上种下一棵树，把我的思念长成一片片树叶，每到秋天，叶子纷纷落下，把你的坟头遮盖得严严实实，哥就不会冷了。亲爱的哥，如果真有来世，如果下辈子你还记得我，我仍然要做你的初恋情人，做你的傻妹妹。哥，你也可以放心了，老公很爱我，我也爱他。这么多年来，我们之间早已成为亲人般的爱了。"执子之手，与子偕老"是我追求的一种理想境界，如果哥在天堂有知，请为妹妹祝福吧。

2008.1.6

我想很多人都曾有初恋情人，都说初恋是难忘的。初恋是一个女人长大后的第一心理秘密，不论结果如何，总之它留给我们的内容太深刻，太丰富，足够你用一辈子的时间去回忆，去揣测，去品赏。不管你的初恋情人是否在你身边，只要他（她）还在这个世上，你就是幸福的。请你在心里为你的初恋情人默默祝福吧。

"霜打的石榴，笑得甜"

——买来的五婶儿和她的初恋

连 营

她经常在她家门前的石榴树下抱着孩子，她看孩子的样子是微笑的，那笑容昙花一般美，笑着笑着有时那美丽一闪即逝，继而眼睛中会有云一般的哀怨。

凌寒胭脂绽

我五婶，姓柳，名胭脂。她是我五叔花了两千块钱从四川买来的。那年她不到十六岁，雪肤花貌，连声音都脆得惊艳。

记得她来时穿的是一身玫瑰红的衣服，袅袅地站在茶杯口粗的石榴树下，那石榴树枝繁叶茂，暗碧异常，盛开的朵朵红花恰如其分地点缀其上，盛装的处子格外纯净美丽。美丽的五婶被几个年长的妇女拉扯着木偶般地和三十七岁的五叔拜天地，青春的脸上满是恐惧和扭捏，丝毫没有新人幸福的微笑。旁边的我们一群小孩瞪着黑黑的眸子好奇地看着这闹剧般的一切。

我每天中午放学回来时，偶尔在阳光灿烂的日子里看到出来翻晒被子的五婶，她脸上总是有或青或紫的一片又一片，走路时也总是看着自己的脚尖，小心翼翼、一瘸一拐。在他们波澜不惊的日子里，平静的表面下遮不住紧绷在他们之间的紧张。再偶尔有时和她走个对脸，我就怯生生叫一声："五婶好。"她单音节地回答说："嗯。"脸上没有任何表情。

那年我九岁，读书的年龄，父亲对我管教极严，强逼着我读背写画，所以白天我大多时间都在自家院里的那棵腰粗的枣树下读书写字。那年冬天她有时候会到我家来问我母亲织布的事情，母亲耐心仔细地讲，她眼观耳记地学，偶尔在走时会到枣树下石台前问我读的什么书，一次我说："《基督山伯爵》。"她不解地问："什么角？"我笑笑，她也笑笑。

五婶的春天还是来了，柳树吐出鹅黄色米粒大小的嫩芽，小草从微润的土地里钻出来探头探脑地瞅着蓝蓝的天，波光粼粼的水泛着粼粼白光，空气中弥漫着暖暖的味道。每到春天父亲就会带我到村东头的麦田里放风筝，风筝是父亲糊的，八角形。麦苗的清香和着春风，把春天的味道渲染得极其浓烈，我努力地把鼻孔张大，吸上一下，再吸上一下，张开嘴咬上一口，再咬上一口。

玩到尽兴处，猛然瞥见不远处的五婶，没想到五婶也出来踏春，春寒料峭中的五婶穿着稍显破旧的棉袄，那棉袄下腹部已是微微隆起。调皮的春风撩起她的发丝，那发丝在初春的阳光下熠熠闪亮。脸色红润的她静静地站在那里，眼睛直直平视着前方，那里是太阳升起的地方，而后是慢慢走几步再停下。她的不远处站着黑矮胖的五叔，两人相隔几十米。

以后的日子平淡如水，火红的太阳每天照样从东方升起，五婶的日子多了几分匆忙，好像天天在喂小孩、哄孩子、洗尿布、晒尿布，孩子生了一个又一个，有时碰见她，看到她头上总是裹着石榴花颜色的头巾，火红火红的，怀里抱着吃奶的孩子，孩子不是酣睡，就是无邪好奇地看着眼前的陌生世界。此时的五婶皮肤红润之至，她经常在她家门前的石榴树下抱着孩子，她看孩子的样子是微笑的，那笑容昙花一般美，笑着笑着有时那美丽一闪即逝，继而眼睛中会有云一般的哀怨。

日子就这样在无数个繁星闪烁于黎明又消失于夜空中度过，大约过了六七年，五婶有了三个孩子后，她提出要回四川的娘家看看，走时是隆冬季节，五叔家门前的那棵石榴树光秃的枝丫上还缀着几个表皮干涸鸡蛋大小的石榴，那天早晨阳光有点朦胧，太阳失血般地挂在浑浑暗暗的天上，她提着一个她来时的大红旅行包，五叔骑着自行车送她去车站，她独自一人回去了，孩子们留在家让六奶奶看着。这一去足足待了有两个月，很多乡邻都说她不会回来了。

焦灼且不死心的五叔决定去四川，去时五叔背着行李抱着三孩子，大孩子领着二孩子，过了十多天，二狗呼呼跑来给我说："五叔一家五口都回来了。"回来后的当天晚上，五叔结结实实地打了五婶一顿，就在那棵石榴树下，用布鞋底儿啪啪地打，邻居们实在看不下去就去劝阻，五叔边打边恶狠狠地说："让你再去找他，让你再去找他……"五婶一声不吭地抱着头蹲着，只是抽抽搭搭地哭，我后来听多嘴的隔壁二嫂说："她在老家时心里有人，这次她就是因为那个人不想回来了，该打……"我听着听着就不明白了，她这不是回来了吗，为什么还要打？

在三个孩子成长的过程中，五婶还是一如既往地沉默，她很少到邻居家串门，就是偶尔到谁家也从来不拉家常，其实她又能和邻居拉些什么呢？最重要的还是邻居不敢跟她拉太多，原因在于多疑的五叔，总是疑心这个已经给他生了三个孩子的女人，有一天会离他而去，凡是跟五婶说话的人，在他的眼里都好像是要帮助五婶逃跑的人，一有机会他就捕风捉影般地敲打邻居，邻居们都受不了，慢慢地，五婶的世界里也就只有她和她的三个孩子。

最终是五叔离开五婶的。

五叔离去时，也是个冬天，那是我读大学的第一个春节，家家都洋溢着节日特有的欢乐气氛，到处是小孩劈啪的放鞭声，浓浓的硝味弥散在村庄的大街小巷。母亲让我和父亲到小镇的集上买一只公羊，说是要还许给菩萨奶奶的愿——"只要我儿子能考上大学，我用一头羊给你摆供"。于是我骑着三轮车带着父亲赶集去了，回来的路上看到公路的拐角处有很多人在围观，我走近一看，公路下边长满芦苇的水沟里是一辆翻个儿的机动三轮车，轮子朝上，还在慢慢地转着，一圈又一圈。

在三轮车下压着一个人，车上的年货零零散散地散落在他旁边，殷红血液洇湿了沟里很厚的一片冰。不知谁报的警，还没等到警察清完现场、确定是醉酒导致的车祸时，五婶就赶过来了，脸色煞白的她毫无主见，不断赶来的乡邻帮着她安排五叔的后事，不知为什么，在五叔出殡的那天她哭得特别伤心，声音歇斯底里，泪水汩汩地流，并不时用拳头捶打着黑黑的桐木棺材，三个不懂事的孩子也跟着嗷嗷地哭，二十七岁的五婶披麻戴孝、泪水涟涟地送走了五叔。

丧事后五婶的大孩子被五叔的一个亲戚领走，后被送到河南少林寺习武，出师后，在上海当了别人的私人保镖，后来我到上海学习时遇见了他，他一脸惊愕地说："哥，你咋在这里，我请你吃饭。"酒没喝多少，话说了很多，重复最多的是："我娘在家，还得请哥多操心。"二孩子过继给没有男孩子的四叔，后学习做菜，当了厨师，去了广东东莞；三孩子跟着她，后来三孩子跟着二孩子也到广东东莞同一个饭店打工去了，家里只剩下五婶，那年五婶三十七岁。

五婶又要回老家了，这一次回娘家之前，她提前给周围的邻居道别，乡邻们都认为她这一次肯定不会回来了。真的很久，她家院子里空得很，只能听见她家石榴树上麻雀的叫声。大约过了四个月她竟然回来了，还带来一个矮矮瘦瘦白净的男人，四十岁上下，尾随在她身后。她碰到邻居就大大方方介绍说："这是我男人。"乡邻们一脸惊愕。我后来才听爱打听事的二嫂说："就是这个男的，一直没有结婚，说是非她不娶，等她到现在。"

去年春节回家过年，带着孩子拜年到五婶家，看见五婶头上裹着那块石榴花颜色的头巾，怀里又抱着一个吃奶的孩子。她拿给我一个馒头大小的石榴，我掰开那里面是胭脂红的籽，密密实实挤着，晶莹剔透，扭头看那石榴树已经是快餐杯口粗。

姑奶奶的倔强爱情：为了爱情，抛家弃子

惠 惠

在现在的我看来仍很难理解，大金姑奶奶的爱情，四个孩子，优越的生活，识文断字的老公仍然拴不住她的心。

小时候交通不便，在村里生活，去赶个集就算是见大世面了。而我的村子就有集。这是我上了初中，认识其他村子的小伙伴很是傲娇了一段时间的理由。每逢赶集，就有远的近的熟的不太熟的亲戚赶着牛车到我奶奶家里停车去集上逛逛。有时候还会住下。其中我印象最深刻的就是一个堂姑奶奶。

作为从小在土里滚大，上房爬树都精通的乡村野丫头，身边也都是类似的人，那个时候对人的美是没什么概念的。但是见到堂姑奶奶的时候，我真是愣住了。心里不停地想，杠好看了，这个老嫲嫲怎么这么好看。近五十的人，身材挺拔，皮肤白皙，头发梳着顺滑的发髻，笑不露齿，和村里其他人的笑容都不一样，看着她你觉得离得很近又很远。甚至晚上钻在被窝里，还和奶奶唠叨，老了以后要长成堂姑奶奶那样好看的人，奶奶听了笑我，还没长大就想着老了。当然野小子般的我很快把这个想法丢到九霄云外去了。这是第一次见到堂姑奶奶。

再次提到大金姑奶奶是有次我和奶奶在集上遇到一个带着

孩子的女人和奶奶打招呼，叫奶奶姎子。我问奶奶是谁，奶奶说是大金姑奶奶的闺女。可是我觉得和原来大金姑奶奶带来的不一样大。大金姑奶奶比奶奶年龄大一些，三个孩子却还没结婚。这个却和我爸妈差不许多。奶奶看我迷惑的样子，就给我讲起了大金姑奶奶的故事。

大金家和我爷爷家分别是村里一个家族的一支和四支。一支比较富裕，大金父亲那一辈已是他们村里数一数二的人家，高门大院。大金姑奶奶是那种大门不出二门不迈的闺秀，识文断字，温文有礼。

那时候奶奶和她一个村的，倒是聊得来，所以后来奶奶结婚了走得一直还很近。本来大金姑奶奶许配给了另外一个村里比较富裕的一家，据说那家男的都是上过洋学堂的，在乡镇府上有个差事。那个男的本来喜欢新式婚姻，执意要来退婚。但是到了大金姑奶奶家里，不知道怎么着就看到大金姑奶奶，一下子就迷住了。所有到嘴边的退婚客气话变成了商议筹备婚礼等事宜。

本来这也算是一桩美满婚姻，门当户对，郎才女貌。但是问题却出在了大金姑奶奶身上。原来大金姑奶奶早就有了意中人，是给她家扛活的一个长工，所以不肯同意和这男子的婚礼。平时温柔似水乖巧听话的女子和曾堂爷爷理论一番，但她是个孝女，到底没拗过曾堂爷爷，十八岁时带着丰厚的嫁妆嫁到了邻村那个男子家里。在外人眼里，两个人相敬如宾，日子过得也很不错，到大金姑奶奶二十六岁的时候，已经有了四个孩子了，两男两女。至少在家人眼里，姑奶奶大约早忘记了年轻时的荒唐事。

到了大金姑奶奶二十八岁的时候，曾堂爷爷去世了。过了三年的守孝期，大金姑奶奶提出了离婚。前姑爷爷自然不肯同意，四个孩子跪在她的面前，她也未曾松口。两口子从未吵过架，那次大吵一架，大金姑奶奶砸碎了所有陪嫁来的嫁妆，拿着几套换洗衣服就去了她曾经喜欢的人的家里，也就是那个长工家里。那个长工曾经许诺一直等她，在不孝有三无后为大的压力下一直没有结婚。

两个人的感情看来也确实深厚。两个人结婚后，琴瑟和谐，生育了三个孩子。当时听奶奶讲了，只觉得这个大金姑奶奶看上去挺文静的一个人，怎么有那么大的力气去砸那些家具。而且听奶奶讲，她从来也不去看之前的那四个孩子，和之前的那个家彻底断了来往。

其实这个长工家里生活条件算是艰苦的，但是这个后姑爷爷从来也没让大金姑奶奶吃过任何苦，两个人更是从未红过脸，吵过架。大金姑奶奶去世得比奶奶早，因为和奶奶交情好，奶奶让爸爸去奔丧。爸爸回来说，通知了大金姑奶奶之前的四个子女，只有一个女儿来了。其余的孩子不知道有多恨大金姑奶奶。

在现在的我看来仍很难理解大金姑奶奶的爱情，四个孩子，优越的生活，识文断字的老公仍然拴不住她的心。

爱女狂"高老头"和其爱女之死

胡成瑶

今天一大早，家庭微信群就有人发布：高老头死啦！

"高老头"不姓高，为尊者讳，为逝者讳，加上他是著名的爱女狂，跟巴尔扎克笔下的高老头一样，所以我暂时称呼他为高老头。

我问他死在哪里，说死在快要垮塌的老屋里。

我问他满了七十岁没？都说不太清楚，想来大约七十多岁了。

可在我的记忆中，他永远是五十多岁，情感激昂，开怀大笑的样子，仿佛世界上从来没有忧愁。因为他有三个如花似玉的女儿。

我从来没有见过爱女欲痴如他者。

1

这一切还要从大集体年代一次诡异的房屋倒塌事件说起。

这件事发生在我出生之前，我也是听村里人时常说起。

大队里新建一栋房子做粮仓，已经落成，某天晚上，全村人都去新房子剥包谷。突然，房子倒塌。

一栋新建成的房子好好地就倒塌了，这是从未发生过的事，可偏偏就发生了。

所有人都拼命地往外跑，所幸都无大碍，再仔细清点人数，唯独少了高老头三个年幼的女儿。

那时候高老头还不是老头，他年轻时英俊挺拔，还是大队的会计。

两个大点的女儿在一根倒地的横梁下找到，脑浆迸裂。

三女儿还有气息。

于是，一夜之间，三女儿成了大女儿。

后来上天补偿他，又给了他两个女儿。

有过这样经历的人，很难不成为一个爱女狂吧。

幼年，我的父亲闲谈，常有责怪他过于宠溺孩子到没有原则的程度，当年亲历现场的祖母总是叹口气说，你没遭过那种罪，不要说他。

等到我稍长，我还是那个小如豌豆躲在大人背后，听他们讲家长里短的孩子，听他们谈起那场诡异的房屋倒塌事件。

和一个无常有关。

这个无常不是黑白无常，而是一个女人，一个老女人。

那时候她还活着，大约快八十岁了。因为她是人们口中的无常，我见到她就觉得有股死亡的气息，只要她来我们家，我就躲起来。

但其实她很和蔼，很胖，浑身都是肉。

我也偶尔在那些老女人聊天的时候，捡一耳朵。

她年轻的时候，异乎寻常的丰腴壮硕。估计就是鲁迅说的那种地母形象吧。

丰腴到骇人，以至于没有男人敢娶，一直到她快三十岁，才有一个年纪跟她父亲差不多的老男人娶了她，——反正也是一死。

据说她是无常，据说在她白天打盹的时候，她就去拿人了。她自己也并不知道拿的是什么人，只是接了任务去索命而已。

据说，她后来亲口承认那次房屋倒塌是她所为。

那栋房子建得本来坚固，所以她"狠狠地踹了几脚，才踹垮"。

奇怪的是吾乡人从来没有怪罪于她的意思，包括高老头。

是害怕她强大的后台？还是觉得这只是一句妄语？

反正，从此高老头就变成高老头了。

2

他的女儿长到很大，都不作兴自己下地走路的，三个女儿，背两个在背篓里，抱一个在怀里。

而我，小时候体弱多病，下大雪去上学，要翻过一座山，爬上去滚下来，再爬再滚下去，如是几趟，爬到山顶成了雪人。那时候，父亲他宁肯远远地望着，也不会过来。

他可真心狠啊！我小声地在心里腹诽。

三个女儿千娇百媚，如花似玉，就是不爱读书。

"一去学校就脑壳疼，肚子疼……到处疼。哈哈哈哈，没得法，只好让她们回来休息咯。"他说起女儿总是乐呵呵的。

而她们偶尔出现在学校，生活之奢靡，实在令人咋舌。

她们穿最新潮的衣服，她们抽的是当时最贵的烟，她们吃的零食我闻所未闻。

他的小女儿和我年龄相当，在上学的路上，我常听她传授如何撒娇向父亲要最贵的衣服料子，要最贵的烟，要最新的磁带。她们家永远开着最大音量的录音机。放的永远是最新出售的各种磁带。

如何维持这种奢靡的生活？这是当时每一个成年人都在想的问题。

终于，东窗事发，他担任会计的那些年，贪污了不少钱，用来换取女儿那一声声的嗲嗲的"爸爸，你真好"。

而这时，他的大女儿出落得亭亭玉立，已经成年。在幼年的我眼中，绝对是村里第一美少女。

各种浮游浪子，各种荷尔蒙超标的青年纷至沓来。

美而没有防守能力，没有自制力，无异于在乱世中怀揣珠宝，结果是给了她灾难性的一生。她的灾难也直接从内心摧毁了一个父亲的生之欲望。

3

她先是嫁给了一个乡村医生，老实忠厚，能挣钱，对她也很好。照说也算是一个好结局。

可她怎甘如此平淡地度过一生？

某一天，她抛夫弃女，丢下才刚刚能走路的女儿，说去县城买东西，一走了之。

她去了当时中国最开放最新潮的城市——广州。

那里最不缺的就是年轻美貌的身体和把身体的价格估得过高的女人。

1997年8月末，我正在县城等车去武汉上学。突然在车站瞥见了高老头。

　　他穿一双草鞋，什么都没带。已经非常苍老的样子。

　　我走过去问他去哪里。他说去广州，大姑娘去了好多年，没回来，听说在那里病了，他借了二百块钱买了一张车票去找她回来。

　　那时候，去广州要两天一夜，他身上除了那张车票，多一分钱都没有了。

　　我给他买了几斤苹果和一点零食，再给了他四十块钱，那时候我也只是个穷学生。穷得刚刚吃饭管饱。

　　我无法面对他，于是匆匆地上车了。

　　我不知道1997年的广州是如何迎接这样一位穿着草鞋去寻找女儿的父亲，那一幕像一根钉子一样钉在我的心上。

　　1998年暑假，我回家。村里有长辈做寿，要我去帮忙记账。我在人群中看到了他。

　　他背篓里背着两个婴孩，怀里抱着一个婴孩，都是他的外孙。在他年轻英气风发的时候，他是村里的支客师——相当于操办宴会的人。他满口荤段子，叉腰大笑，笑声如膘肥体壮的牛羊，没有谁有他会搞气氛。

　　可是在他暮年的时候，已经不作兴这些了。

　　有的客人在看录像，大部分人在打麻将，人们学会了自娱自乐，再也不需要搞气氛的人！

　　他带着三个孩子挤在人群中看麻将，有人烦了，"哭得闹死人，到外边去！"

　　他背着抱着，来到空无一人的走廊，给孩子们唱着湖北大鼓："两个坛子一路滚啊，一个破来一个损，留下那一个损的，那就万不能啊……"

他就在那盏昏黄的灯泡下，边踱边唱。

那是我最后一次看到他。

4

有一年，我回家过年，快除夕的时候，听说他大姑娘死了。就埋在自家菜园子里，从厨房的窗户就可以看到。

据说，某一天，高老头辗转地接到信说，他大姑娘在县城的客运站里，让他去接。

原来，当初给了她浮华世界最奢靡最堕落享受的那个男人，在得知她患了肺癌之后，用一床薄薄的被子裹着她，把她放在回县城的客车上，付了一张车票的钱，就走了。

等到高老头去客运站认领许多年未见的姑娘时，那薄薄的被子下只剩不到五十斤。形如骨骸。

他心如死灰地抱着不到五十斤的那一团，从垭上走过。

一个五岁的孩童的重量。

冬日里，她只剩痛苦的微弱的呻吟，他抱着她搂着她，恨不得把她嵌到肉里去，就栖息在火塘边，火日日不断。她越来越小，小到当初房屋倒塌后血肉模糊的那两小团肉。

她终于不再折磨他了，她撒手走了。

几个月后，他的老婆子也走了。

他跟着剩下的两个姑娘去生活。我每次返乡总要问起他的近况。乡人皆说，后来没见过他，不知道近况如何。但无一技之长，又怕吃苦，不问也知，日子能好到哪里去。

这次死在快要坍塌的老屋，是他预见了死之将至，一定要回来。果然死在自己的老屋。

下午，父亲打来电话，说正在帮他料理后事。

"刚换完寿衣，唉，瘦得大腿只有小手臂那么粗……"

"是病死的吗？"

"是的，肺癌。拖了好几年。"

"多少岁？"

"七十二岁。"

死是多么可怖，但生呢？生也多艰。

只要有爱，就有软肋，就相当于赤身裸体生活在荒野中，无法避免万蚁蚀心。

只有如太上之忘情，才能不受到伤害。可是那样的境界，未必有人愿意吧。

一边享受，一边折磨。一边沉沦，一边拯救。这大约是我们生之为人的一点乐趣吧。

为了那一点乐趣，我们沉沦地狱而不悔。

最后一位压寨夫人

——西施奶

紫 殷

"刘家有好女，赢遍镇上戏，西施不能比。三十年河东，三十年河西，落架的凤凰不如鸡，不如鸡……"

几年前，我在镇上读初中。每个礼拜六下午，总是到镇东头的育才书店看书。

店内只有两三个人在看书，店主陈伯戴着老花镜，算盘珠拨得叭叭响。店门外传来一阵阵嬉笑声、吆喝声，我揉了揉发涩的双眼，应声向门外走去。

"好心人，行行好，我四顿没吃东西了！"一个身着浅绿色褂子、米黄色肥腿裤、脚穿白底黄花绣花鞋的老女人在行乞。

"唉，西施奶，你不是王寨的'压寨夫人'吗？"

"唉，西施奶，你不是赢遍镇上戏了吗？"

"唉，西施奶，你怎么会沦落到这种地步？"

几个游荡的小青年发出一连串的质问。我心里直纳闷：这个古怪装束的老婆婆到底是个什么人？

"好心的小姐，给我一点吧！"老婆婆一把捉住了我的衣角，看到她那双松树皮似的又黑又脏的手，我本能地后退了两步。

"小姐"这称呼早就不用了，现在是新社会了。我从口袋里掏出两元钱递给她，转身跑进了书店。

"陈伯，外面那个讨饭的老婆婆是谁？"

"她呀？你没听见人们叫她'西施奶'吗？唉，红颜薄命啊！"陈伯摇了摇头。

七十五年前，西施奶出生于王寨河东刘家，十四岁嫁到陈家。嫁到陈家不到一年，被寨霸鲁振虎抢去做了"压寨夫人"，丈夫陈子鼎一介书生，也被虎爷杀了。

解放后，虎爷被枪毙了，西施奶每天还要挨批斗，含辛茹苦把四个儿子拉扯大了，儿子们都成家立业，日子过得红红火火，竟嫌母亲的过去太丢人，把她赶出了家门。她讨饭二十多年了，整日古里古怪，疯疯癫癫的。

我们镇上有个顺口溜：刘家有好女，赢遍镇上戏，西施不能比。三十年河东，三十年河西，落架的凤凰不如鸡，不如鸡……我深深叹了口气，感到店内空气几乎凝固了，让人简直要窒息了。

店门外一丝风也没有，唯有几个青年对西施奶的嘲笑、鄙视、吆喝声，使空气加速度流动起来。围观的人很多，西施奶不过是一个被肆意欣赏的怪物罢了。

礼拜天回到家里，我提起西施奶的往事。

"殷殷，我在镇上生活了六十年了。刚来到这里，听说寨霸虎爷的七姨太是只金凤凰，杏眼黛眉杨柳腰，红唇皓齿冰肌面。往年，镇上爱唱戏，看戏的人很多。有一个约二十岁的女子特别好看：水灵灵的眼睛会说话，柳眉如黛，白皙的鹅蛋脸上涂着胭脂；梳着燕尾头，戴着翡翠麻花簪，绿宝石耳坠，蓝宝石钻戒；藕绿色丝绸旗袍，白底黄花的绣花鞋；坐着龙凤呈祥太师椅，涂了蔻丹的手握着一把香气四溢的粉色罗扇，跟前的几案上摆满了时令水果，旁边站着两个约莫十三四岁的小丫头。人们说她就是西施奶，至于真名，没人知道。看戏的人挤破头，就是为了看西施奶。

她在虎爷家，虽然受宠，可很遭前六位太太的妒忌，她偏又心地善良，逆来顺受，日子也不好过。解放后，虎爷被枪毙了，西施奶的命运就更惨了，人们的肆意侮辱、鄙视，整天挨批斗……"奶奶一个劲地摇头叹气。我的心针扎似的疼痛，鼻子顿时发酸。一个善良美貌与世无争的女子沦落到今天这个地步，红颜成白发，承受了多少岁月的煎熬，世俗的压力。我莫名地想好好看看她，很想见到她。

"殷殷，到镇上你大姑家酒店里，让你大姑多送给她些剩余的饭菜，那么一把年纪的人了。"

下午酒店里客人不多，几个服务员在招呼。大姑坐在酒店前厅里和镇上几个服装店、水果店的老板娘闲聊。内容大都是镇上谁家的姑娘最靓，谁的发型时髦，谁又买了铂金镶钻项链，谁穿了旗袍，谁家的孩子争气考上了名牌大学。大姑对西施奶颇同情，吩咐服务员多留些好的客人未动过筷子的饭菜给她。

我又到了书店旁看西施奶。

"西施奶，你这么大年纪了……"

"丫头，你别这样和我说话！"西施奶突然瞪着眼睛，满怀敌意、怒气冲冲地对我喝道。我有点愤怒：新福酒家在镇上名字响当当的，我在镇上也住了多年，谁不知道我是王老板的侄女，谁不知道我是育才书店的常客，谁敢和我这样说话，可一个讨饭的老太婆竟如此对我！我的脸霎时通红，一时不知所措，索性转身离去。

"小姐，行行好吧！"我实在无法拒绝这个凄凉、孱弱、沙哑、苍老的声音，回过头来：那是怎样的眼神啊！混浊凹陷的双眼湿润了，夹杂着乞求之色。清白消瘦布满皱纹的脸，松树皮般满是老茧的手，足有一寸长满是污垢的指甲，佝偻的背。我掏出五元钱递给她。她咧着嘴笑了。看到那只有几颗黄牙的嘴巴，我顿生厌恶之心，匆匆走了，眼睛的余光瞟了下她那在风中飘摇的稀疏花白的长发。背后依旧不少人围观，西施奶依旧是他们的笑料。

后来，我到县城读高中，偶尔也回到镇上看看。镇上依旧是老模样，只是不见了西施奶。"西施奶影响我们镇容，被打发走了。"陈伯依旧戴着老花镜，算盘珠拨得叭叭响。"你怎么老爱谈论她？"陈伯笑着问我。"她太不幸了。""唉，红颜薄命呀！没有她，大家依旧这么过。"是啊！这关我什么事？在众人眼里，西施奶是个可有可无多余的人。

再后来，我到更远的地方念书，很少回去。回到镇上一直未见到西施奶，心里总觉得不舒服。来到广东后，面对都市鳞次栉比的建筑，走在霓虹灯盛开的街头，终于知道自己什么都不是，如无根之萍无源之水，漂着淌着。最终，我接受了这一现实，努力做自己该做想做的事，生活倒也宁静。

起风了，又下起雨来，窗外几片叶子枯黄了，在风雨中飘摇。我倚在窗前，心海潮起潮落，往事轻拍心扉。我又想起了西施奶和镇上流传的顺口溜：刘家有好女，赢遍镇上戏，西施不能比。三十年河东，三十年河西，落架的凤凰不如鸡，不如鸡……

奶奶走后，你不要使劲儿哭

满 江

　　那年，我是六月份在北京崇文区的一家医院出生的。听我奶奶说，生我的时候我妈疼成什么样？在床上蹦！从这个床上，蹦到那个床上。

　　那些护士都吓得够呛，说您可别这么蹦，您要是蹦出点儿毛病来，都是我们的责任。说您安安静静在床上躺会儿。我妈说："我躺不住，就觉得肚子里是个小子在踹我！"结果生出来果然是个男孩儿。

　　我奶奶问护士："生了一个什么呀？"人家告诉她："生了一个又白又胖的大孙子。"我奶奶二话不说，回头就走啦。把护士吓了一跳，跟我妈说：您家老太太听说您生了个儿子转头就走啦！把我妈也吓一跳，心说奶奶应该最喜欢孙子呀！没过多一会儿我奶奶就回来啦，给我妈妈炖的鸡呀，弄了好多好吃的，乐得嘴都合不上啦！一个劲儿说："快，赶紧抱出来让我看看！"

　　从那时候起，我奶奶就一直抱着我。我刚生下来的时候是八斤七两，特别胖！别人一看见，就跟我奶奶说您孙子真好玩儿，让我抱抱。抱不了一分钟就觉得手开始哆嗦，说赶紧还给您吧，太压胳膊了！我奶奶一身是病：什么关节炎啊，肩周炎啊，心脏病啊。但是她一直抱着我。可以说，我是在奶奶身上长大的。

我爸和我妈那时候都是运动员，是宁夏回族自治区篮球队的。因为经常要出去比赛，特别忙。我才六个月大的时候我妈就给我断奶啦。听奶奶讲，我妈喂我什么糖水啊、蜜水啊，我都不喝，就要喝奶。我妈就想法儿治我。在她奶头上面抹紫药水、红药水。我不管它什么颜色，照样喝奶。最后在上面抹蒜，给我辣了一回。从那以后，我妈再逗我，我正眼儿都不看我妈，就看我奶奶。奶奶说我这孩子特别有记性，有恩就知道报恩，有仇也不大容易忘掉。

我奶奶是一个特要强的女人。身世特别苦，十五岁就没了妈啦。后来她爸又娶了个后老伴，对我奶奶特别狠。十六岁我奶奶就嫁给我爷爷了。爷爷家特别有钱。我爷爷就跟故事里讲的那些少爷似的，天天提着鸟笼子，端着蛐蛐罐儿，跟一帮哥们儿出去赌钱。输了钱也不敢告诉家人，就把家里的房子给卖了。我奶奶知道了就去跟人打官司，又把房子要了回来。爷爷死了以后，我奶奶一个人过，拉扯这些孩子。有了我以后呢，奶奶就跟着我爸爸住，一直带着我。

我奶奶特别疼我，到了溺爱的程度。托儿所啊、幼儿园啊，都不叫送。说孩子还小，去了受人欺负。我八岁半才上学。就那样我奶奶还不干呢。我妈就劝我奶奶，说您啊得让他上学，要不大啦以后什么都不会。做了好长时间工作，我奶奶才撒开手。

我特别依恋小时候在西北的那些日子。我们体委大院的一帮孩子都在一个学校里上学，上学下学都搭着帮。每天早上从家里出来的时候，阳光洒在地上特别透亮儿。到处都是沙枣树。沙枣熟了的时候那一串串的都快耷拉到你头上啦。每回我们都爬到树上撅一大枝子，一路走一路吃。要不就逮蜻蜓啊，捉蚂蚱呀，玩得特高兴。

但是我小学一毕业，家就迁回北京啦。我们家在北京没户口。我父母等于把宁夏的工作给辞了。我还有个妹妹。我爸我妈我奶奶我妹妹和我，一家五口，每月只有一百多块钱生活费，借了亲戚家的两间房子住。我爸妈和妹妹住大屋，我和奶奶住小屋。我都上初一了还跟我奶奶住一屋。

原来我们家在北京有五六间私人房产，在十字路口马路边儿上，地理位置特别好。"文革"的时候被收走了。后来一直被一个菜市场占着，给当了库房了，一直没有还给我们。后来我们家开始跟公家打官司要房。官司打了八年，户口调了十年。为了打官司和调户口管人家借了五万多块钱。

那时候心里特别不明白，家里老买烟酒和好吃的，什么罐头啦，点心啦，我跟我妹看着那些吃的咬着手，都特别馋。可眼睁睁地就看着我爸拿去送人啦。

没有户口，我到哪个学校都是插班生，借读生。家里又穷，让好多同学看不起。我一年到头几乎就那么一身运动服，还是我爸我妈发的。班里好多同学都笑话我，说哎哟，都什么年代啦，你怎么还穿成这样啊，跟农民似的。

我记得我这辈子唯一恨过的人是一个女同学。我那时候小，但我特别喜欢她。她们家跟我们家离得不远，我就老想上学放学能跟她一块儿走，聊聊天什么的。有一天放学，我们俩一路走。她说，哎，我去你家玩会儿吧。我说行啊。她一进我们家就愣啦！我们家只有一台十四英寸的黑白电视，一个桌子，一个柜子，上面两个抽屉，下面一个柜门儿。都是从西北带回来的。半天她才说了一句话，哎哟，你们家怎么这么穷啊，早知道你们家这么穷，我早不理你啦。说完她就走啦。从那以后，我就没正眼瞧过她。

那时候我奶奶心脏特别不好，但从来没去医院看过。实在疼得厉害了，就让我帮着往背上贴伤湿止疼膏。心绞痛有时候可能会像背疼的那种感觉，我说您就应该去医院瞅瞅。我奶奶说算啦，现在呢日子也过得紧，等咱们日子过富裕了，奶奶再去医院看。没事，奶奶这身体啊这么多年一直都病病恹恹的，也活得硬硬朗朗的。

每天放学到家第一件事就是上我奶奶那屋去。我奶奶经常说，赶紧坐在这儿，奶奶给你存着吃的呢。趁你爸你妈没看见，你赶紧吃点。我说这是我爸我妈给您买的，我怎么能吃哪？我奶奶说，嗨，奶奶都这么大岁数啦，吃这玩意儿没什么用，对身体也没什么好处。你呢还小，正长身体，家里饭也不好，你就快吃吧。

奶奶可能明白她自己的病，有一段时间老跟我讲，说江江呀，要是突然有一天你回来，你见奶奶啊"无常"啦——"无常"就是死，我们回民都这么说——你记住啊，奶奶给你存着钱呢。那时候我还小啊，就觉得听这话特别烦。我说您干吗老说您"无常""无常"的！您且活着哪！你能活到八十岁，一百二十岁！我奶奶也知道我不爱听那些话，说奶奶只是告诉你这钱放在哪儿啦。就放在奶奶的箱子里面，在最底下那层压着哪，有六百块钱。这钱你千万别让你爸你妈看见，看见以后就都搭这官司上啦。这钱你自己留着，也别胡乱花。你什么时候饿了，你就拿这钱出去买点什么吃……

从那儿以后，我就老怕我奶奶跟她说的一样，突然没了。有时候晚上睡着睡着觉，就梦见我奶奶"无常"啦，我突然就醒啦。我赶紧就趴在我奶奶床边儿上，趁着月亮光儿看，看我奶奶的被子是不是在动。人一呼一吸不就会一起一伏嘛。晚上呢也看不大清楚，心里特害怕。我心里话，万一那被子没动弹，我该怎么办啊？我怎么活啊！一直盯着看，哎，发觉被窝还在动。心里就特别高兴，奶奶还活着哪！

到后来呢出了一个事儿，亲戚不愿意把房再借给我们家住啦，每个月要收我们一百多块钱房钱。我们家一下就懵啦，说家里这些人往哪儿住啊？没办法，就花四十多块钱租了一间房，搬了出去。那是什么房子哪，是人家正房子边儿上搭的一个防震棚。我们一家五口就住在那里头。

没过多久，我爸我妈都找到工作了，爸爸在固安县，妈妈在延庆县，都离家挺老远。那时候我学习呢不是特别好，我妈说她得看着我，就把我带走了。我妹那时候学习成绩比我好得多，就叫我奶奶看着。这一家人就拆成三个地儿啦。我跟我妈去了延庆以后，几乎每个礼拜我都得回来看看奶奶。

有一个礼拜，学校有点儿别的事儿，我就没能回去。又过了一个礼拜，我和我妈回北京。挤那个郊区车，得坐四个钟头。路上我妈说，一个多月都没去你姥姥家啦，咱们去你姥姥家看一眼，我说行。姥姥家是个大杂院。我们刚一进姥姥家院门儿，就听见屋里有人哭。我们俩就停在那，听听。愣了一会儿，我妈说，哎呀，可能是你爸哭哪！赶紧往屋里跑。进去以后看见我爸坐在地上，抱着我姥姥的腿正在哭哪。

我妈一下就明白啦，她也抱着我爸和我姥姥哭。我就莫名其妙地看着他们。这时候我姥姥一把就把我抱住了，说你奶奶没了，可怜的孩子！我当时都傻啦，我说我奶奶怎么没了？妈妈说奶奶走啦。我说奶奶去哪儿啦？我姥姥就胡噜我的头，说你奶奶前儿个就"无常"啦，跟你们那边也没有办法联系。当时只有你妹妹在，说特别想看你一眼……我难受得都不会哭啦！

从我生下来到十六岁，我一直也没有离开过奶奶呀！如果家里没有奶奶的话，我都不愿意回这个家。那时候我特别恨回家。我在外边有说有笑，一迈进家门的时候，整个空气就像一块大石头压过来。就因为房子，我爸和我妈天天吵架。性格都变态了。我记得有一次看电视，里面有个"耗子精"。我就跟我妹说，哎，耗子精嘿！我妈听见了就打我。说你还嫌你妈是耗子精?! 我妈就指着我鼻子骂，骂特别难听的话，我就从家里跑了。

我想坐火车回银川找我姑去，结果我妈把我从车上给拽下来，抱着我就哭！记得还有一次天下着大雨，街上全是水，比马路牙子还高呢。我妈特别晚还没回来，把我和我奶奶急的。我爸也没在家，妹妹还小。我就拿把伞出去找我妈。我跑了好远，就看见前面有一个女的淋着雨往这儿走，走得特慢。我一看就是我妈。我连忙跑过去，说妈您干吗呀？我就把伞给我妈打着。我妈一把把伞就给我打一边去啦！冲我喊，你给我回去！谁让你来找我？吃饱了撑的呀你?! 最后我一边哭着一边跟我妈淋着雨往家走……

我想就因为这房子，就因为这场官司，我奶奶受了那么多的苦，死时才六十二岁。最后房子也下来了，奶奶也没了！一眼都没看着。我就想有一天我爸真要把这房子给了我，我就拿炸药包给炸喽！

奶奶过世后的第三天上午，我们去医院接奶奶回来办后事，我都不敢看她，我觉得特别对不起她。奶奶给我讲过，说，江江，奶奶死时千万别把奶奶停在医院里，奶奶害怕。回民规矩又多，必须得从礼拜寺请阿訇，才能去接她。接到礼拜寺，我就在奶奶旁边守着，不停地流泪。那些眼泪掉在地上，和了好多泥。然后我就拿根棍给划了。划着划着突然感觉到里头有一幅画啊，就是我奶奶的脸！眼睛啊，鼻子啊，嘴啊，头发啊，跟我奶奶一模一样。我一下就趴在那儿，哭得起不来啦！

我突然想起一件特别对不起我奶奶的事儿。有一天，我在街上看见一件西服，特别想买，我记得是三十二块钱。我知道管我爸爸妈妈要，不会给我，我就管我奶奶要。奶奶那天躺在床上，心脏特别不舒服。我说奶奶，我想买件衣服，西服，特好看。奶奶问得花多少钱啊？我说三十二块钱。奶奶说太贵了。说你得体谅家里，为打这官司，你爸你妈都过得挺难的。再说你应该给妹妹做个好榜样，她是个女孩，更想买新衣服啦。我说不嘛我非要！

这时候我奶奶生气了，转过身儿去不理我了，我也生气了。没过一会儿，我奶奶就回过头来，把她那个小包袱打开，拿了三十二块钱给我，说你去买吧，别让你爸你妈看见，买回衣服来先藏奶奶这屋……我恨我自己太不懂事了！你说这三十多块钱给我奶奶买点什么吃不强啊！还让我奶奶生顿气！想到这儿我哭得更厉害了！

我爸听见我哭，过来抱住我，拍着我的肩膀说，孩子，奶奶已经"无常"了，哭也哭不活了，回去吧，以后咱还得好好过咱们的日子，这也是你奶奶希望的事儿。"

在这之前我和我爸爸关系一直不好。我爸脾气特别的冲，说不准什么时候急了就打我一顿。记得小时候我爸教我做那些算术题，他一教我我脑子特别晕，尤其是做应用题。几加几，再加几，最后得几几几。然后我爸问我，说你会了吗？我说我会了。我爸说那我给你出道题，你把它算出来。其实这题跟那题一样，就是换了几个数。我还是做不出来。我爸说行啦，也不让你算得数啦，你就把式子给我列出来。我还是列不出来。

我爸就从厨房拿出一把菜刀来，往桌上一拍，说你今天做不上这题，老子今天砍了你！把我吓得！我奶奶听见这话，从外屋就冲进来了，护着我："怎么着你，做不出这道题，你还想把我孙子给砍了！你要想砍他也容易，你先把我砍啦，再砍他！"……我觉得奶奶没了，我跟我爸的关系缓和多了。那一瞬间我感觉其实我爸也特别疼爱我。

要往下埋的时候，让我们最后再看奶奶一眼。那时候阿訇都给洗得干干净净了，因为回民都讲究拿白布裹着。我一看，奶奶脸上红扑扑的，眼睛也闭上了，特别安详。感觉还有点笑意的样子。我真不愿意把奶奶放下去，我愿意把她一直放在我们家，哪怕最后臭了，只要我能一直看见她。就觉得往土里一埋我这一辈子就再也看不见她了，我痛苦得都快疯了！

那时候我已经开始唱歌了。奶奶生前特别想听我唱歌，但我特别不好意思当着我奶奶唱。直到死，奶奶也没听过她孙子唱歌，这是我最后悔的一件事。把奶奶送走以后，爸爸妈妈便商量怎么处理奶奶留下的那六百块钱。尽管日子非常紧，家里非常需要这笔钱，他们还是用这笔钱给我买了一个双卡录音机。直到现在，录音机还能用，我用得非常在意。一看到录音机我就会想，这是奶奶走了很远很远的路给我买回来的……

后来我的第一首歌《舍不得你走》，就是我唱给奶奶的歌。录音以前，我说你们把录音棚里面的灯都关了。那录音师特好，他把灯都给我关了。那首歌我练得特别熟，根本不用看谱子，也不用看词儿。我闭着眼睛唱。录音棚有一面玻璃窗，外面开着灯。一闭上眼睛就觉得有一线灯光朦朦胧胧地罩在眼睛前面。隐隐约约地，好像离我很近，又好像离我特别远。我总觉得就在录音棚的一个地方，奶奶在看着我……

我录完歌走出录音棚的时候，所有的人都哭了……

那块父亲送的手表还在我手腕上

王东旭

    姥姥家距离舅舅家不远，穿过一个果园就能到。每到姥姥家我都会急着去舅舅家里耍，倒不是我的两个表兄弟给我的吸引力，而是那块塑料的电子手表。

    电子手表的整体是蓝色，严格意义上讲也不能算是蓝色，劣质的塑料让颜色分布得不是很均匀。它的表链还是完好，但小铁扣的一端已经即将掉落，靠着一层小布条和几根线维持。那块手表总是被放在缝纫机上，二十世纪，几乎每一家都会有一架缝纫机，但不是每一家人都会有一块蓝色的电子手表。我舅母是个细致的女人，甚至都给这架缝纫机穿上了衣服，淡蓝色的底子又用手绣上了两只白鹤，电子手表恰好遮住了白鹤爪子周围的一朵用黑线勾勒的白云。

    就是这样一块电子表。

    我算过一笔账，当时一斤猪肉是四块钱，那种电子表在城里卖十几块钱。也就是说如果我的父母能为我买一块，也就等于我的小手腕子上戴了三四斤的猪肉，肥瘦相间，新鲜的。如此想来，我觉着一切的幻想都破灭了。先不说我的手腕能否承受三四斤的重量，落脚不久的贫困家庭是不会拿出闲钱给我买一块电子表的，何况哪里来的闲钱呢？我连问都不用问父母。

于是，此生以来第一个大邪念在我的脑子里生根发芽。

就那么顺利地，我偷到了日思夜想的蓝色手表。我把它的两条表链叠放在一起，那块小布条比表链的颜色浅，却也真的漂亮。我又拿出了大姐的花手绢，包着手表捧在手里，这样太容易被发现了，于是，我又把它放进了裤子口袋里，轻轻地拍一拍，故作镇定地往家走。

我不知道你们是不是也有那样的感觉，当我们得到了特别期待的东西之后，兴奋占有的时间太短，取而代之的是深深的失望，这可能是心理学上的一种现象，我没有深究，就不在这里解释。我只知道我当时的心理除了失望还有落入深渊的恐惧，连呼吸都认为是奢侈的，所以几乎到了窒息的地步。

我们家厨房有一个破了的风箱，那个风箱曾经放过几只孤儿小兔子，拉过的粪便还没有人收拾干净，所以一般情况下是没人翻看的。我连同花手绢一起把电子表放到了风箱的角落，实在忍耐不住想念，我才会打开风箱看上一看。

东窗事发的第一波是由大姐打来，她指名道姓地说是我拿了她的花手绢，第二波是二姐，她拿着笤帚、扭着我的耳朵找出了那块手绢，当然了还有电子手表。比我大三岁的二姐差点就哭了出来，吓得？还是因为我抢先她一步？在我还没有得到答案的时候，我父亲的一个重脚就上来了，我趴在了地上，我以为我不会哭，可是我没有。

我的父亲每走一步便是一个重脚，每一脚都险些让我摔倒。当然了，偶尔的摔倒是必然的，我倒下后惊起一阵虚蓬蓬的黄土，进到我的嘴里、鼻里、眼睛里，和着口水、鼻涕和眼泪，还有哭声。送还手表回来的路上，我又被重复了一遍来时的被打之路，连滚带爬的。我不可能在那样对我来说是悲怆的时候记住我们到底走了多久，被踢了多久。但过程却让我铭记终生。

如果说让那么小的我大义凛然地彻底思考家庭的不易是不大现实的，于是仇恨油然而生。这恨不只是因为我的父亲没有能力给我买一块塑料的破手表，更在于我刚才轻描淡写所描述的被打之路。我当时可能会认为我父亲就是因为没有能力辨别妖精而折磨和打骂孙悟空的唐僧，实在窝囊。那对于顶级膜拜《西游记》的我来说，已经是不能再大的比喻。

那是我的父亲第一次打我，也是至今唯一的一次。在打我后的不知道多久，他就没有任何理由地离开我的母亲和无助的我们。这一走就再也没有了交集，成了真正意义上的离开。

随着年岁的增长，我对于父亲的种种情感已经淡薄，最严重的情感危机发生在我叛逆的那个年纪，我一度将父亲列入到人生中最痛恨的人，没有之一。

那应该是一个春节后家族的聚会。我回到老家看望爷爷奶奶，十几年间只见过几次的父亲也在。他坐在我的身旁不和我说话，我也只是低头，于是他就和另一些人说着我没有注意的话题。

那天父亲穿着黑色的呢子，顺着看下去能够看见黝黑的手背上凸起的几根血管，还有一块看上去还不错的手表。

手表的表盘是钨钢的奇异金属色，各个棱角都反射着图影和光线。表链是银色的，我不知道它的具体材质，看样子应该和钨钢表盘不是原配。我是一个很喜欢手表的人，看到这块表我还是很感兴趣。父亲看到了我的眼睛在看着那块表，于是什么话都没说就卸了下来递到了我的手上。我看了他一眼，可他的眼睛和嘴巴都早已对着和他说话的人。

那一刻，我手里是一块沉甸甸的手表，价格也肯定不低，可我却没了欣赏的兴致，也不知道是什么原因。我想把它递还给父亲，然后再找一个我更自在的远离父亲的位置，可父亲又看了我一眼说，给你了，戴着吧！

一时间我真的不知道怎么办了。以前偷手表的事情肯定是要被记忆起来的，那条被打的漫长的路途还有那一段刻骨铭心的偷盗过程，最熬人的还是对于父亲的记忆和情感。于是那块优质手表在我手里的忐忑绝对要比那一次偷表时强烈，这样的感受或许很多人不会理解。我已经忘记了我做了多久的思想斗争和假设，而又是出于什么原因收下了那个昂贵的礼物，我忘记了，但当我下定决心收下它时，我的心情又是难以言说的幸福和复杂，搞得人差点落了眼泪。

后来，我就把那块手表戴在了自己的手腕上。生活中的我比较粗大条，随时都会丢东西，但是我手腕上的这块来自父亲的手表却在每次洗澡时都被我摘下，哪怕父亲曾告诉我这是一块防水的手表。去年的某个时候，我的这块手表突然不走了，我很紧张地到了修表的地方，花了好几十元换了一块原装的电池。老板告诉我这样不时兴的成年表实在划不来换一块那么贵的电池，可我坚持地对他笑了笑。

此时，那块父亲送的手表还在我的手腕上，几年了都没有任何手表该有的瑕疵表现，一切都是那么完美。它被戴在左手上，我现在打字的时候恰能扫见秒针的跳动，从十二跳到十二，一圈一圈的。

三寸金莲，最是情痴

——四奶奶的故事

紫 殷

1

解放前，富人家的女儿还是要求裹脚的。当然，个别的上了洋学堂，就不会遵守这几千年的陈规陋习了。在那个年代，即使富家小姐上学堂的也是极少数，多数人念几年私塾识得几个字罢了。她们的任务就是把脚裹得越小越好，女红也要做得好。这样，长到十几岁才能嫁个更好的人家。穷人家的女儿就没这些讲究了，因为要干活，大脚走起路来也稳妥。旧社会特别讲究门当户对，穷人家的大脚姑娘是不可能做地主家的正房太太的。模样整齐的，最多也只能做小妾。

张家的四奶奶，依老人的眼光，她的小脚是村里裹得最好看的，只有女孩子的拳头那么大，是名符其实的三寸金莲。按辈分，我应该称当年张家的四少爷为四爷爷。

解放前，张家是我们村的大地主，四奶奶魏淑君是魏家寨的大地主的掌上明珠。张家原本有六个儿子，因为前面的三个儿子都夭折了，所以四爷爷张银棠备受全家宠爱。他不仅才貌出众，而且为人宽厚，不欺压老百姓，在村里口碑极佳。在他十五岁的那一年，他去了上海念书。三年后，他的父亲称病将他骗回家，与魏家寨的大小姐成婚。念了大学的四少爷接受了许多新思想，他反对包办的婚姻。

但这是从小就订下的娃娃亲，两家都是镇上的大户，若是不结亲就要反目成仇了。魏小姐对四少爷可是一片痴情，为了不耽误他上学，婚事硬是拖了几年。如今她都二十岁了。在旧社会，二十岁可是老姑娘了。可她哪里知道，三年前穿长衫的四少爷已经不存在了，代替他的是一个具有新思想一腔热血报国的穿中山装的俊朗青年。

四爷爷吵闹归吵闹，还是骑着高头大马，用八抬大轿将魏小姐抬进了张家大院。下轿前，张家奶奶是要先看媳妇的小脚的，这是规矩。婆婆满意了，才能拜堂。张老太太看了儿媳妇的小脚，笑得合不拢嘴。四少爷的婚事也办得风风光光的。那一天，穷人都不用送礼，只管入席，酒菜管饱。张家足足摆了百桌酒宴，请了省里有名的戏班唱了三天大戏。

洞房花烛夜，两支一尺长的红烛已经流满了烛台，四少爷还是没有掀开新娘的红盖头。鸡都打过两遍鸣了，四奶奶只好自己掀开了盖头。她的小张郎，可是让她盼了多年了。到头来，竟受到如此冷落。四奶奶心里也很不是滋味，不知道自己究竟做错了什么。

四爷爷早已脱下了长袍马褂，换上了一套银灰色中山装。四奶奶仔细打量四爷爷，惊呆了：眼前的张郎国字脸，眉若墨染，目若朗星，身材挺拔。单是那高挺的鼻梁，就透着一股逼人的英气。四奶奶顿时双颊红霞飞，今生就认定他了。

就在她暗自欢喜的时候，四爷爷开口了："瞧瞧你那小脚，以后能干啥？如今军阀混战，国难当头。我已经不孝了，所以不能对国不忠。大丈夫理应报效国家。"听这话音，丈夫是留不住了。四奶奶很委屈，脚都裹了十几年了，自己也没办法呀！四爷爷就在那晚的五更天离家出走了，四奶奶坐在梳妆台前以泪洗面。她将镶满珍珠的鎏金凤冠取下，换下大红的苏绣嫁衣，连同娘家陪送的珠宝，一块儿细细密密地包好，装入一个雕刻着龙凤呈祥花纹的红木箱里。

2

天刚亮，四奶奶的陪嫁丫环喜梅就来敲门了，她来送洗脸水。喜梅比四奶奶小四岁，是魏家大少爷奶娘的女儿，从小在魏家长大。她生得灵巧，是四奶奶的贴身丫环。虽是主仆关系，可她俩情同姐妹。喜梅一进门，不见新姑爷，就四处望望，红绡帐里的几床绸缎百子被整整齐齐，看样子根本没动过。喜梅"嗖"的一声掀开床单一角，上面放着的石榴红枣花生也没动。在古代，这些东西是多子多福的象征。

"小姐，姑爷凭什么这么对你？他们张家也太欺负人了，我要回去告诉老爷。"喜梅杏目圆睁，气得将两条乌黑的发辫扭作一团。

"喜梅，张郎心怀国家，他去干事业了。你什么都不要说了，给我梳头。等一下我要去给老爷太太敬饭前茶。"

"小姐，姑爷不就是多念了几年书吗？论家世论模样论才智你哪里比他差了？你太委屈了！"

"喜梅，从今天起，我就是张家的四奶奶，该有的礼数咱一样都不能少。"喜梅极不情愿地点点头，开始为四奶奶梳妆。

张老爷与太太在客厅里坐立不安。儿子在新婚之夜跑了，都不知道该如何向魏家交代。现在是城头变幻大王旗的年代，一个学生娃，可别遇到坏人走了歪道呀！张老爷背着手在厅里转了十几个来回。太太王氏说："老爷，要不让管家派几个人去镇上找找吧，兴许没走远。"

"老爷，信，四爷留给您的信。"账房朱先生一路小跑举着信进来了。

"怎么不早送来？"张老爷松了口气。

"唉，四爷把信放在账簿上面，我当时没发现。一发现，这就立马过来禀报了。四爷临走前支了银票，两千两，说您派他去省城办大事。现在土匪猖獗，还有驻扎在咱南阳城这一带的国军，可都盯着咱这地方呢，需要好武器防卫。"

"你就信银棠的话了？这个逆子。快把信给我念念。"

账房朱先生把信念完，张老爷虽然不高兴，可儿子毕竟有报国之心，这点令他欣慰。可眼下就对不起儿媳妇了。

四奶奶由喜梅陪着，来给二老敬饭前茶了。她经过一番梳妆打扮，愈发显得端庄秀丽，精神头十足。张老太太心里的石头落地了，儿媳妇真懂礼数。如果她真要闹起来，讨个说法，张家也只有理亏的份。

对于四奶奶的表现，张家二老都很满意。张老爷当场派管家把院里的少爷小姐家丁丫环婆子长工短工等百十口人悉数找来开会。张老爷当场宣布："太太年事已高，从今天起，张家大院里的日常事务由四奶奶全权负责。"

其实张老爷这样做的目的，无非是稳住四奶奶的心，就是权力下放，让儿媳妇跟张家一条心。时间长了，只要四奶奶无怨言，魏家也不好来张家闹。

春去春又回，转眼七年过去了。此时正值1937年，日军发动了"卢沟桥事变",侵华战争全面爆发。张家只收到四爷爷的几封来信,可信里从未提起过四奶奶。1938年,四爷爷让父亲汇银票到山西,说要五千两,用于抗日。他参加了阎锡山领导的国民党军队,还当了团长。众所周知,国民党既抗日也要围剿共产党。可四爷爷哪里分得清形势,上级指到哪里,他就打到哪里。

1949年,国共之战,国民党战败,仓惶逃到台湾,四爷爷没去。他也拒不投降共产党,他的信仰破灭了。国民党救不了天下的穷苦百姓,因为他们一开始就脱离了群众。穷苦百姓要的是土地,共产党能给老百姓土地,让他们安居乐业。而四爷爷是大地主的儿子,没受过苦,他不知道土地的重要性。最终在河南与安徽的交界处,四爷爷与他那一股残余势力被解放军击毙。

3

1949年,全国解放了,新中国成立。张老爷赶紧捐出大量财物,交出土地和大片房产。又因为张家在村里口碑不错,所以相安无事。平静日子没过几天,就得到了儿子被击毙的噩耗。

四爷爷的尸体拉回来了,择日下葬。

听奶奶说,四奶奶在四爷爷的葬礼上是又哭又唱,全村人都跟着哭了。四奶奶的哭夫词让村里有文化的人给记了下来:

张郎离家活生生

时光一去十九年整

小姑小叔鞋袜我来缝

双亲由我来侍奉

只盼抬头见喜鹊

谁料想

狠心的张郎你

去时有声回无声

鸳鸯不独宿

金鸡不单鸣

你却撇下为妻只影形单

西楼把花望谢月望空

王宝钏守寒窑十八载

我盼你盼了十九冬

张郎啊你好好走

我为你做了棉衣棉裤棉靴

送上陪嫁的金簪与金锭

即使你在阴间

大小鬼好打发

不挨饿也不受冻

只盼夜间能与妻相逢

为你守孝我甘心

双亲我照样尽心侍奉

　　四奶奶为四爷爷守了三年孝。张家二老在四爷爷去世后不久就郁郁而终。解放了，张家没有了以往的风光，魏家也败落了。在四奶奶的劝说下，喜梅嫁人了。张家的老五老六早年也都娶妻生子了。俗话说"长嫂如母"，两个小叔子和小姑子还有其他晚辈们对四奶奶很是敬重。

四奶奶在张家待了二十二年。1953年，她由侄子接回了魏家寨。每年四爷爷的忌日，四奶奶就会颠着小脚，提着纸钱酒菜来到张家村给他上坟。村里的年轻人都不认识四奶奶，只有七十岁以上的老人记得她。可她的事，我们这些晚辈都知道一些。

虽说张家和魏家的财产都充公了，可四奶奶当年的陪嫁还在。她过门就没了丈夫，谁还好意思惦记她的陪嫁。当然，这些细软早被她埋在了地下。因为有这些家当，四奶奶在最艰苦的年月日子也不难过。她不缺钱，可她为人极其节俭，据说晚上吃饭都从不点灯的。

四奶奶在2007年的冬天去世了，享年九十七岁。

四奶奶去世前几天，已经病重了。张家来了十多口人探望她。她让侄子把大红木箱打开，把红绸缎锦盒拿出来。当年的珍珠鎏金凤冠完好无损，几串血红的玛瑙项链也引人注目，还有十来只翡翠与白玉手镯、镶红宝石的金戒指、金银珍珠材质的镂花耳环、雕花银簪、点翠鎏金的孔雀金钗、祖母绿平安扣、六百块银元。在场的人都惊呆了，谁见过这么多珠宝。还有那件大红的苏绣嫁衣，一展开，就碎屑纷飞了。上面镶的珍珠散落得到处都是。抬眼看房间的某个角落，都闪着亮光。是啊，七十七年了，再好的东西也经不起岁月的折腾啊！

四奶奶留下遗嘱，让家人把凤冠卖了以四爷爷的名誉捐给村里的小学，盖个好校园。其余的珠宝首饰按人头分了，她特别交代，留给喜梅的儿子一份。喜梅已经过世五年了，她的儿子早已将四奶奶视若亲人，这些年也常来看望、照顾。

张家来人把四奶奶接回去了。四奶奶临终前告诉五爷爷："你四哥一直嫌弃我是小脚，我走了，要给我做双正常脚穿的鞋子。在阴间，我好找到你四哥。三寸金莲，就从我这里彻底消失。"

张家村八十岁以上的老人不多了，四爷爷张银棠与四奶奶魏淑君的故事，只有我八十八岁的奶奶耳熟能详。当年，我们两家是邻居。奶奶在这里生活了七十年。每每提起四奶奶，我的奶奶都对她有道不尽的好。

不是因为你老实，我们才是一家人

——继父的故事

冉 冉

我终于敢再踏上那片土地，在父亲的墓前唠叨唠叨那个男人的事情，是在五年之后的四月天里。

1

牙髓针在口腔中一点点退去，很疼很疼，连咧嘴都奢侈。

结束后，一个人站在候诊大厅里静默地看着医生们进进出出，这群脚步匆忙的人，或师或友。周身萦绕着熟悉的消毒水气味，一千五百个日夜中再寻常不过的一个下午，看着坐在椅子上等待的患者身边陪着三三两两的家人，久违的孤独的感觉一点点漫上脊背。

突然便很想听听母亲的声音，温软又亲切。

打了数遍都是关机，心中急躁，犹豫着拨通了那个号码。

等待的声音只响了一声，电话便被接起。浓重的乡音隔着大半个中国传过来。

"喂，是冉冉吗？"他唤着我的乳名，没有丝毫的生疏和别扭，"是不是又忙呢？你好吗？很久没有往家打电话了！"

一连串的询问，听着有点责备的语气，我莫名其妙心头一暖，"嗯，我很好。叔叔，我终于把那颗牙拔掉啦！真的好疼啊！"

"嘿嘿，拔掉好，不然都吃不下东西，饿瘦了咋办。"他憨憨笑着。

我也笑了："都这么胖了，不是正好可以减肥嘛！"

"哪里胖了！你这孩子，就是不会照顾自己。我和你妈都不在你身边，你学习用功，工作努力，连给我们打电话都是边爬楼边打，呼哧呼哧地喘着粗气……"他还在那边唠叨着，声音很大，路过的实习医生同学好奇地看看我。我指指手机，解释着："是家里的电话。"

他的声音戛然止住，怯怯问我："是不是又要忙啦？"

"不忙，叔叔，今天我听您讲。"我走出候诊厅，坐在病房楼前的一棵桃树下。四月的桃花开得正盛，风轻轻一吹，便落了满肩。

甜腻的香气萦绕鼻尖，时光仿佛又回到2011年，我第一次看见他的那年春天。

2

大家都说他是老实人，老实人在父亲走后一年来到我家。

那天他穿了一身很旧的黑衣长裤，个子不高，整个人看起来又黑又瘦，手里拎了两大兜的零食和水果，大概算作我和弟弟的见面礼。我和弟弟有些不礼貌地打量着他，他的头在抬起落下间摇摆，局促不安站在客厅里。

母亲有点不好意思地解释说：单位的同事给介绍的，人还不错，爱干活，挺老实的。

　　我再次瞟了一眼这男人，又看了看美丽端庄的母亲。父亲和母亲之间没有爱情，他们的结合，不过是双方家庭的各自需要而已。他们的婚姻之所以会维持二十几年，很大一部分原因是时代道德绑架的结果。但不可否认的是，父亲一直都在承担着一个为夫为父应有的责任和义务。

　　镇子上的人好像总喜欢以窥探别人的生活为乐，父亲走后的一年中，再加以杜撰变成街角巷口为人乐道的绯闻轶事。尤其对于经济独立又漂亮的女人而言，故事的情节便更加曲折离奇。母亲独自上班下班，听到有人那不怀好意的猜测，一直当作没听见。但小镇上，各种传言因为一个失去丈夫女人的沉默而更加激烈。

　　清明节那天，我和弟弟去祭拜父亲。满山的桃花开得很艳，我们跪在父亲的墓碑前祈祷，求父亲让母亲可以找到一个真心爱她，待她好的人，弥补她从未有过爱情的遗憾，也堵住这悠悠之口，让母亲不再一个人偷偷落泪。

　　父亲显然是听见了吧，可是这个人，他配得上母亲吗？他可以担得起这个家庭吗？为了我们，为了生活，可怜的母亲再一次做了这么不得已的选择。

　　我轻轻叹口气，喉咙涩涩干干的，一句祝福的话都说不出来。只是走过去轻轻抱了抱母亲，告诉她我支持她做的任何决定，只要是她觉得可以的，我都可以接受。

　　于是老实人和母亲在一起了。他没有孩子，甚至都没有一份稳定的工作，他的老家是在隔壁镇子上一个很偏远的村子里。和母亲登记后，他便搬过来和我们一起住。

　　他主动承包下家里最脏最重的活计，并且托曾经一起打工的工友在西盟买了几头牛，又回老家把碎玉米的机器用驴车运过来。每天四点钟顶着星星起床，开始一天的劳累和奔波。我和弟弟六点半爬起来，他看着我们洗漱好了，才会把锅里的饭菜端出来，四口人围在一起吃。

半年后，家里的母牛生了小牛，小牛被他养成了大牛，又生了小牛。偶尔他忙农活赶不回来住在奶奶家，母亲又在学校上班，我和弟弟对着他加工好的面，饲料，草料面面相觑，手足无措，一遍遍给他打电话确认应用的分量，手忙脚乱地伺候完小家伙们，再把牛粪尽数清走，两个人互相闻了闻，立马跑去冲澡，叫嚷着又脏又臭真不是人干的活。

但我们从来都没有想过，我们厌倦的那个下午，是他数年如一日重复的枯燥与苦累。

我一直固执地以为，这个世界上，最爱我的那个男人在六年前就离开了。而他，不过是写在母亲户口页上配偶一栏的名字而已。我和弟弟尊敬他，就只是因为他刚好填补了这个家庭的空缺。

3

大学的几年间，我很少打电话给他。每隔两天给母亲打一个电话，只有在找不到母亲时才会拨通他的手机。他每次都接得很快，好像手机时时刻刻都带在身边。从不更改的一句："嗯，等一下，我去找你妈。"然后急切的呼唤声和小跑的脚步声一齐传来："快快，冉冉来电话了！"

曾经对弟弟抱怨：叔叔好像并不怎么关心我，他从来没有给我打过电话。

弟弟脸色一沉：你错了，每次叔叔把电话递给妈妈的时候，都会和妈妈挤在一起听。

我愣住。眼前突兀地浮现出一张开心笑着的脸，老实人的头和母亲的头紧紧靠在一起，试图从电话中听到的只言片语，努力拼凑出我人生的全貌，来弥补他在我人生中缺席的童年和少年时光。

突然想起，五年前，我大学离家的前一个月，母亲手术还未出院。他把母亲托给大妈照顾，坚持要去送我。火车上碰见几个同校的同学，他买了很多零食分给大家，他不叮嘱我要好好学习，一心读书，反而拜托和我一般大的孩子要迁就一下这个刚刚离家的小姑娘：她脾气倔，但是不坏。有啥说啥，你们不要和她计较。她要是惹毛了你们，你们就放假到叔叔家玩，我给大家做好吃的。

那天的阳光很好，透过车窗玻璃投射到他黝黑粗糙的脸上，我看见他笑得像个孩子，仿佛上大学的那个人不是我，而是他自己。

他右手拖着大大的行李箱，左手拎着我的书包走在八月的烈阳下，我走在他的身后，看着他的衬衫已经被汗水浸湿了一大片，我试图伸手从他手中接过书包，他回头对我笑笑："没事，不累。"

他的话就是这样少，我不好再坚持，有点尴尬地杵在了原地。他也跟着停下，"一定要好好努力学习，将来和琪琪生活在一个城市里，咱们一家四口人可不能分开。"

我鼻子有点酸，笑他："那如果我将来结婚了呢？"

他脸上的荣光一下就消失了，"我们没想拖累你们，只想远远地看着，这样我和你妈才会放心。你也不要担心你妈，家里有我，一切都好。"

一切都好，是我十八岁的那年夏天，听到的最好听的，也是最负责任的承诺。

4

我抬起头，在阳光中眯着眼看他，第一次发现，我居然已经比他高了。没日没夜的操劳，让他看起来比两年前更加瘦小。我不忍再看他眼中那份不舍的关切，扭过头去，假意在看这充满新奇的校园，心中突然无比庆幸，自己报了一所离家只有八小时路程的大学。至少能够在每年十一的假期回家忙上几天。

当我坐在田埂上小憩，麦收时节，满目都是金灿灿的明黄。头顶是湛蓝的天空，和城市里的阴霾有着天壤之别。我在土地上躺平身体，贪婪地呼吸着乡间清润的空气。一种从未有过的踏实和满足感油然而生。

然后我看着他很认真地把松针码成四四方方的两垛，用柳条紧紧捆住。我跑过去帮忙，他不许，只说："你歇着，歇着，车还没有装满，我弄点松针回去，烧火用。"

略略陡峭的山坡上，两个人无法共挑一个担子。我只好让开，看他一个人把它挑下山去。细长的担子压在他瘦小的脊背上，随着他的脚步忽上忽下地弹跳着。我默默掏出手机，在他身后拍了一张照片。快到车厢时，他放下担子，想把松垛抱在怀里，但他胳膊短，只能够到三分之一的地方。然后他微微下蹲，又奋力挺直身体，身子向前一扑，松垛便滚到了车厢中。惯性使然，他把自己也一同扔了进去，头扎进厚实的松垛里。

那样子，有点滑稽和好笑。

母亲在阴凉的车厢里走出来，扶着他爬出，将他头发上沾着的松针一个个拔掉。

他的呼吸粗重，却装作很轻松的样子，有些得意地向母亲炫耀："这回背的是不是比上次多？"

母亲没有说话，只是温柔地笑了笑，然后递给他毛巾和水壶。

他端着水壶，咕嘟咕嘟大口喝着，喉结随着声音上下滚动。

我不知道该说什么，只能静静地看着他们。

他身上还穿着第一次来我家时穿的那身黑衬衣黑长裤，两年过去了，它已经被洗得褪了色，袖扣和裤腿都被磨破了，看起来更旧了，和脚下土地的颜色几乎融为一体。

我好像突然明白了，为什么土地能这么让人安心。

5

清明时节，归家的游子很多，我没有买到火车票，左询右问才淘来一个商务车的号码，司机要了平时二倍的车费。当晚，汽车在距离小镇还有二十公里的高速路口爆胎，不多时外面下起雨来。车上的人陆陆续续地被家人接走。我回来的事情没有告诉他们，等到最后只剩下自己和一个膀大腰圆的壮汉司机。荒郊野外，打车很难，一个人坐在黑漆漆的车里，思虑再三，给家里去了电话。

半小时后，叔叔开着农用车来接我，他蜷缩在驾驶位上，把伞递给我，自己披一件很薄的塑料，在哗哗的雨声中对我喊："你坐着，你回家你妈可高兴呢，非要来。我怕她淋了雨感冒，拦下了。伞你拿着，我没手撑伞，披着塑料方便。"

农用车发出嘈杂的突突声在冰凉的雨水中缓慢前移，叔叔把自己蒙在塑料布里面，黑夜中我看不清他的表情，只看见他的双手紧紧握住方向盘，冰冷的雨水顺着塑料滑落，打在他的眼睛上，他举起左臂想要擦擦脸，风婆子便乘虚而入，掀开了塑料布的另一角。

我打着伞哆哆嗦嗦地坐在他旁边，伸出手去，替他把吹起的塑料压下来。

离开家乡的这几年，没有归宿的恐惧感如影随形。我终日把自己埋于繁重的课业和工作中，试图用时间上的紧凑来弥补内心的空虚。让自己淹没在所谓的对理想的追求和奋进里，逼迫自己不再想关于张先生的任何事情，故事最后，既没有和自己所爱的人在一起，也弄丢了爱自己的人。

雨下得大了，终于也打在我的脸上，我的面庞早已湿润，分不清是雨水还是泪水。

我从来没有叫过他爸爸，但是那一刻，他是和爸爸一样亲的人。

6

第二天，我去山上祭拜父亲。已是叔叔到来的五年后，我终于有勇气和父亲聊一聊。

刚刚下过雨的山路，满是泥土的芬芳。还未走近，便远远地看见，山上的桃花开了，夹在青山翠柏间，绵延数里的几抹粉色，分外清雅。

我满了一杯酒，放在父亲墓前的小桌上，盘腿坐下，像父亲在世时父女俩聊天的样子：

不难过是假的，想你是真的。明前清茶不足欢喉，带了你最爱的二锅头，少喝点，对身体不好。

照片上的父亲不说话，只是微微笑着看着他心爱的女儿。

我端起那杯酒一饮而尽，辛辣的感觉在喉中蔓延开来，剧烈呛咳了几声，眼泪便流了下来。我抱住父亲的墓碑，开始和他絮絮叨叨讲起他走后的这些年，叔叔照顾母亲，养育我和弟弟的辛劳，也讲起自己在外地求学的孤单和辛苦，和张先生带给我七年如一日的思念与委屈。

从日出到日落，扫墓的人来来走走，最后只剩下我们父女。弟弟跑上来接我回家，一米八五的男生的影子被夕阳拉得又细又长，我揉揉麻木的双腿，轻轻对父亲讲了句：

爸，你偷了懒，是他帮你照顾了这家人，你别怪他。

父亲还是笑着，我忍不住又唠叨了一句：虽然他不够有钱也不够圆滑，但是你也要感谢人家，保佑他和妈妈好好的。

还有我们，也会对他好，因为，他也是我们的家人。弟弟补了一句。

我一直都记得，那天的夕阳很美，我推开院子的小门，母亲扎着围裙在擀面条，扬起的面粉在光线中起起伏伏。牛儿已经被赶回圈里去，老实人坐在门口的石凳上，一下一下很认真地砸着核桃，他用竹签把残留的核仁小心地剜出，盛在右手边的小碟里。然后他拍拍身上的碎果壳，端着小碟给母亲送去。

母亲把它们丢在嘴里细细嚼着，老实人蹲下去在灶台里添了两把柴，两个人谁都没有说话，只有柴火燃烧发出很好听的劈里啪啦的声响。

我和弟弟站在门口，久久说不出一句话。他把手搭在我的肩头，轻轻唤了句：姐。

　　我抬头看他，两个人一起笑了，笑着笑着就流下泪来……

孤独的52赫兹鲸

三次结婚的母亲，她的春天在哪里？

荒 原

那天，三岁的儿子靠在我的怀中说："妈妈，给我唱《世上只有妈妈好》好不好？"我轻轻唱着，往事涌上心头。

小时我从不唱这首歌，甚至听到都觉得刺耳，因为六岁时父母离异，母亲从此咫尺天涯。

记得母亲离开那天穿了件深绿色的裙子，涂着玫瑰色的口红，明眸皓齿，很是动人。她蹲下来，扶住我的肩膀，微笑着亲了我一口，就站起身来，一脸轻松地转身离开。我似懂非懂，没有哭，再也没有喊着找妈妈。只是偶尔在无聊的午后，会溜进父母曾经的新房，从装饰柜里够到一瓶母亲曾用过的桂花香水，细细地涂一滴在手腕上，闭上眼睛使劲嗅，仿佛闻到了她的味道。

再次与她见面是那年的除夕，那天一早，爷爷漫不经心地跟奶奶说要带我上街转转。爷爷骑着自行车刚载我到街角，就有一个女子奔过来把我死死抱住，我推开她才慢慢看清她满是泪痕、清秀的脸。她忙着把新衣和零食堆到我面前，又来回抚摸我凌乱的头发。正在这时，奶奶跟踪而至，一把把我拽过去，又把东西扔到马路中间，厉声说："谁要你的东西，这个

不要脸的女人……"奶奶拉着我就急匆匆地往前走，我听见
"呼呼"的风声中夹杂着母亲悲切的呜咽声。

奶奶告诉我，妈妈是被男人勾走了，所以才离开我的。后
来才知道，父亲是个不归家的浪子，每隔三个月就把妈妈攒的
钱偷走，然后跑到远方去流浪，等钱花完再回来。我四岁起父
亲再也没有回来，母亲在孤苦无依中等了两年，终于忍受不了
奶奶歇斯底里的发泄和无端的怀疑，狠下心来离我而去。

几年后，奶奶终于接受了现实，并允许妈妈来看我。可见
到母亲，我却更加伤心——她的脸朴素了很多，肚子却像球一
样大，她马上要做别的孩子慈爱的母亲了，再也不是我的母亲
了。她走过来抱我，我用尽力气推开；她吃力地蹲下来亲我，
我厌恶地躲开。她滴下泪来，我却仰起头来笑了。

后来我去了她新的家，我的继父看起来很凶，对我倒也客
气。他们住在一条大船上，那本是捕鱼的外婆很久前的家。我
好奇地爬来爬去，船舱上是大大小小的渔网和虾笼子，船舱下
面竟还有两个房间，一个是卧室，里面床、桌子、板凳、电视
机一应俱全；另一个是厨房，锅碗瓢盆，杯碟碗筷四处杂陈。
母亲蒸了米饭，炒了土豆丝，唯一的主菜是专门为我买的啤酒
鸭脖，大家都吃得很香。

初中时，奶奶病了，让妈妈每周末带我去洗澡。雾气氤氲
中，她蹲下身子帮我穿袜子，我却忽然瞥见她肩上和背上的青
紫伤痕。我曾隐约听说，继父是个酒鬼，喝醉后总是打人。我
心中有些难过，而这难过又瞬间被怨恨吞噬。我还是怪她，很
少来看我，还对我万分小气，这些年来，从未给我买过一件超
过五十块的东西，我想，她一点也不爱我。直到现在我才能够
理解，那些是她能够给我的所有的爱。

三年后，奶奶病得很重，手术前，她执意要洗一回澡。年少的我吃力地扶着骨瘦如柴的奶奶进了澡堂，这时，母亲来了，一把扶住奶奶。奶奶很倔强，气喘吁吁地说："你给自己女儿洗澡是应该应分，我不需要你帮忙洗！"妈妈流着眼泪说："妈，这些年幸亏孩子有疼爱她的奶奶，你的恩情我永远不会忘，你永远是我妈妈！"奶奶也流下泪来，任由妈妈在她身上搓揉。三天之后，奶奶上了手术台，就再也没下来。

　　我跟着爷爷艰难度日，也渐渐长大，考上大学。大三的某一天，我接到了母亲的电话，她哽咽着告诉我，继父酒后与人打架，被人捅死了。我很平静，只是忧心母亲和年仅十岁的弟弟。日子还是波澜不惊地过着，母亲加倍努力赚钱，辛苦照顾弟弟和他的奶奶，母亲有了几丝白发，笑起来也有了几尾皱纹。

　　现在，我已结婚生子，弟弟工作了，母亲也有了归宿，与一位大她十岁的退休老师结婚了。那位大爷很慈善，对母亲关爱有加。

　　前些天，我带着儿子去给母亲送节礼。一进门，母亲神态安恬，正坐在客厅里包包子，几缕阳光透过窗棂，在她娴熟地指尖上轻盈地舞蹈。看见我们来，她立即开心地叫起来："老头子，你看笼屉上的红豆包子蒸好没有，赶紧拿两个来给我外孙子吃！"大爷答应着，小跑着奔向厨房，笑眯眯地端着热气腾腾的包子向我们走来。母亲见状，"咯咯"地笑起来，神色间尽是满足。恍惚中，我看见了很多年前的母亲，笑容甜美，娇俏动人。

　　"悲欢离合总无情"，唯愿"鬓已星星"的母亲，晚年幸福。

回去是离乡人，回来是流浪人

靳 帅

三四年前的十年间，我们家住在近郊的一所租来的狭长小院内，两个房子连着一个小仓库，剩余的就是一米不到的院子了。

小院对面是条小水渠，水渠边立着一排齐刷刷的白杨树。夏天的时候，午后的阳光从凌乱繁密的树叶中钻进来，照得院子里树影斑驳，清风吹过，树叶飒飒婆娑。我的书桌在阴凉的后屋窗前，那是漆红色的木桌，宽大结实，上面摆满了从小到大翻过数遍的旧书。

小城的春天，沙尘漫天，毫无春色可言，稍微能令人欣喜的，只有柳树抽芽的鹅黄，杏花的淡粉。最动心的莫过于桃之夭夭了。每到此时，我会折些花枝插在水瓶中，把粉红带回家。

母亲也会帮我照看些时日。只是没过多久，便已被春风吹干，满桌都是散落的花瓣。我在这后屋窗前的木桌上，写满了"此夜曲中闻折柳，谁人不起故园情"的多情文字，度过了我的整个中学时代。如今小院连同周遭的村院都已经被城市建设的洪流所侵蚀，只剩下残垣断壁几处，如今已近大学毕业，可在这里生活过的记忆与烙印却深深地刻在了脑海里。封尘的记忆之锁被现实的钥匙一次次地钻动摇晃，装满往事的箱子像溪水一样流动，交融……

这两年每次回家，和父母聊天，母亲总会絮絮地说起过去的日子。过往的那些艰涩就像刀伤一样一条一条地留在她记忆的身体里，只是记忆中苦涩的坚冰已融化为如今的平静的言语。她说那时候卖菜，批一三轮车菜，一早上只卖了五毛钱。晌午的时候饿得厉害，看到一个人端着一个饼在吃，口水在嘴里打转，一想到只卖了五毛钱，就不想吃了。母亲笑着说，那时你爸爸倒是特别能卖，一车菜连喊带卖，一天下来，车筐总是空空的。言语里倒是有些许甜蜜。

只记得那时的自己每天中午放学回来，一车绿油油的青菜被母亲用塑料布盖住，太阳晒得水珠颤颤。母亲还要赶忙为我们做饭。姐姐常会搭把手，我倒好，除了把火生好之外，就到隔壁房子里睡觉去了。一觉醒来，饭已经做好了。后来自责自己，父母辛苦，姐姐懂事，自己倒是很会偷懒。兄妹三人中，自己最小，得到的偏爱也最多，考得也最好，或许这算是一种报答吧。

每年冬天的时候，生火是一件极其麻烦的事。晚上九十点，母亲把饭做好后，将做饭的房子里的炉火夹一点到我们仨睡觉写字的房子里。在困顿与寒冷中，我们时常披着被子写作业，困意沉沉地和衣而睡，醒来已是凌晨三四点。母亲常常把表铃放在她枕旁，时间差不多时，她便隔着屋子催喊我们起床。这一喊就是六七年。有时冬天的凌晨冻得厉害，窗户上结着厚厚的密密匝匝的冰花，她翻起身披着被子，要给我们做吃的。现在开了一家果蔬店，她仍要凌晨四五点起床，担心去迟了批不到新鲜菜，闹铃依旧放在枕旁，每到半夜就睡不好，反复地看着表，一直到起床。她说，你们在的时候是这样，你们不在的时候也是这样，这就是命呀。我在旁边一时语塞，不知该说些什么好。

上中学的六七年间，新摆的果摊生意还不错，收入渐好，可也刚到了我们三个孩子最能花钱，也最关键的时候。我们接二连三地考高中，大学，推着他们像陀螺一样难以停歇。中午回来还要赶紧给我们三个人做饭，担心我们中午上学迟到；稀里糊涂地吃完后又要赶回果摊换父亲吃饭。母亲埋怨着说，你爸爸那个瞌睡啊，咋睡都睡不醒。从三点睡到六点了，还不来换我，困得我站在果摊上直点头。晚上的时候，母亲把饭做好后，要给父亲送过去吃。那时父亲还在大街上摆摊卖水果，要到半夜才收摊。端过去的饭，没有保温盒，就是普通的碗筷，冬天的时候，到果摊上时已经温凉。父亲后来说，他吃着温吞吞的饭菜，恨不得把碗扔了，又一想你妈妈做饭也不容易，才忍着囫囵吃了。看着父亲咬牙切齿的表情，我和母亲都呵呵呵地笑了。

现在想来，那些日子不知道是怎样走过来的。那时的自己只知道学习，暗恋。还好考了一个一本，虽然很一般，却足以使父母感到骄傲了。母亲说，我的精神自从你考上大学那一年猛然感到好了许多。你看，照的相也和以前都不一样了。或许是哥哥考了两次的高考，结果实在令人难堪，或许是姐姐的高考也令父母备感缺憾。自己并不有多好的成绩已给父母长足了精神。

那一年，就在哥哥姐姐高考的前夕，父母亲半夜收摊回家出了一场事故，导致父亲视网膜再度脱落。母亲带着父亲去省城诊疗。我们三个自己做饭，生活。这对于姐姐的高考或许有些微的影响吧。可往事她从不提。在每年只有十来天和她见面的日子里，除了古怪的玩笑和嬉闹，再就是对我的嫌弃了。记得母亲陪父亲看病，临走时坐在床头数钱，数着数着就失声哑哭起来。姐姐也哭了。那时父母的电话里都是让我们好好学习，他们那边一切都顺利，让我们不要担心。今年夏天，自己一个人陪奶奶看病，偌大的医院里，花花绿绿的人流，自己跑上跑下，心里有万千的不可承受之重。过年的时候给母亲诉说。母亲说，你都不知道，我陪你爸爸看病的时候，那有多折腾人。一句话已让往事汹涌澎湃。

父亲的眼睛自此之后，便几近失明。手脚也不大利索。有一次，他摸索着趴在地上找一个东西，我帮他捡起来，他问我，你说人为什么摸不见东西呢？我想了想，说或许是因为找不到目标吧。他叹了口气，也对，看不见了就啥也不行了。因为他眼睛不好，卖菜称东西时脸贴在秤上，好多人嘲笑他；从别人手里接东西时不小心摸着了别人的手，别人恼怒，他尴尬。时间久了，他也默然不语，或者一笑了之。只是每天上市场批菜，因为手脚不利索，有时候找不到母亲，或和母亲意见分歧，大发脾气。父亲从来不说，只有母亲才向我讲起他眼睛不好引起的种种艰涩遭遇。

今年冬天，奶奶重病后去世了。父母亲赶回乡里侍候守丧。离开故土已近二十年，乡音无改鬓毛衰，即使是发小相见都已陌不相识。邻里乡亲们的冷漠与富足深深地刺痛着父亲因疾病而敏感的心。他说，现在我们回去是离乡人，回来是流浪人，到哪里都不被待见……现在就靠你们喽，我半辈子的希望和成就就是你们仨了……听得我万般惆怅。

记得在小院里，父亲每逢暑假就会挂起一块薄木板，刷上墨汁，给我们补课，其实他也并不懂得多少。或者是哥哥给姐姐教，我在旁边随听。他对我们的教育极为重视，对于学习上的事情极力支持。他花费心思从旧书摊上买来过时的辅导书，常常一买就是一大堆，买复读机、DVD，总之在他力所能及的范围内，对我们学习不知奢侈地投入，只是我们辜负了他的殷殷期望。现在他眼睛看不成书了，还想着要学点什么。给他推荐"懒人听书"，他如获至宝。常常听《红楼梦》听得忘乎所以，沉迷其中，听完还要发表一下融入自己通俗哲学的见解，有时尽管并不认同，也不忍心反对。常常看到因为耽搁生意而被母亲打断，心里莫名地酸楚与可怜。他时常渴望我能做官，那样就可以不受别人歧视和压制了。可现实却又无法满足他的愿望。

　　我高三的那年春天，父亲要去省城复查，我和母亲俩人相依为命。母亲一个人重操旧业，烤起了红薯。每每放学上学，都要去母亲那里。即使有时不去，也要很远地喊着挥挥手。深夜里我骑着自行车穿过离家很近的石子路，叮叮当当的声音才会使母亲安心。胃口不好不爱吃饭，母亲自己学着熬八宝粥，里面掺着点开胃的药。那段日子她对我很依顺，没有脾气。凌晨一两点，她常跑来我的房子看看我是不是睡着了，或是在窗口前晃几次。

　　这次回去，因为要拆迁，陪伴母亲十几年的那个红薯炉和陪伴我们六七年的果架被我们卖了废品。母亲把果架上镶着的"四季鲜果"的小木横额留了下来。我说要不放在红薯炉上，你们俩一左一右，合个影吧。父母亲都讪讪地笑起来。

　　考上大学的那年夏天，果摊因为修建不让摆了。我们就挪到路口，路口也不允许，我们又挪到下一个路口，没过多久，依然不允许摆，为此父亲和我与城管大吵一架。直到搬到了上一个路口，挤在前三个果摊后面。那时果摊的生意黯淡极了。同学的母亲看见我们一家子围在一个三轮车支起的果摊前，笑道，你看这一家子多幸福。可是，个中的艰涩滋味又有谁知呢？

大一我去省城上学。秋天的时候，想起小院里应该已是落叶缤纷了。我打电话给母亲，问她小院里是不是积满了落叶，母亲说没有，你爸爸全扫了。以往每年，父母做生意忙，门前那排瘦高粗糙的杨树，秋风吹过，全都哗哗啦啦地吹到了院子里，我们三个念书也忙，也没人清扫。过一些时日，树叶铺满了院子里，踩上去能盖住鞋帮，脆生生的，都已经干了。

暑假给母亲照相，套间里光线暗沉，闪光灯刺得母亲的眼神格外憔悴。母亲端详着她眼角两边厚密的鱼尾纹，叹气道，唉，我老了好多。她的样子让我难过了许久。临走的几天，她说：去了好好学，趁我还能干动，给你好好打基础，不然像我这样的身体，说不行就不行了……她还说等你念完书了，我也就干不动了，也就不干。诸如此类的话，不一而足，父亲亦如是。

她曾说长久地站着，脚跟疼得厉害，我给她买了一双水红色的高跟拖鞋，底子十分软和，她乐呵呵地说，没想到在儿子手里，竟然打扮成了姑娘。寒假再回家时，看她的脚，已经肿得看不见脚踝骨。我又给她买了一双棉拖鞋，担心她嫌贵，少报了些钱数。穿着倒也好，只是样式太老气。母亲年轻时没穿过几件好衣服，现在条件稍好，要么买来的衣服舍不得穿，担心弄脏了。要么就不让我们再买担心浪费钱。从困顿中走过来的母亲依旧格外细心节俭，倒是我们，长时间在外，已经学会了大手大脚，稍有不顺心的东西便弃之如敝屣。

她亲手扎的拖把，拖得店里亮堂堂的。我说要不买个马桶垫子吧，她说不用，多花十来块钱，她自己做一个。早上从市场回来，她胃里饿得难受，这次寒假，见她总是用大饼泡一碗奶粉喝，临上学的时候我说，奶粉没什么营养，要不给你买几包黑芝麻糊，你早上喝。她又说算了，门前有时候会有卖手工磨的，自己可以配料还比较便宜。她的头发已经花白得刺眼，不到半百的母亲竟如此苍老。店里来买菜的年纪相仿的女人各个打扮得花枝招展，可自己的母亲却理所当然地被别人叫奶奶，老婆婆。想到此处，除了哑然苦笑之外，一无所有。寒假的日子里，几乎每天都熬黑米粥给她喝，想着能让她的头发转色，恐怕也只是一厢情愿了。

今年夏天的时候哥哥姐姐都工作了，过年哥哥不回来。姐姐也只待了十几天，我们相隔一天，都走了。母亲絮叨着，唉，这一走就是两个。她说我们刚走的那几天，套间里空荡荡，静悄悄的什么人都没有，她一点都不想进去。想起第一年我离家上学的时候，从有三个孩子吵吵闹闹的家一下子只有两个孤单的大人，父母亲不知道是怎样适应过来的。

我们在那个小院里一住就是十年，十年间，我从一个调皮捣蛋的孩子长成了一个小伙子。前年寒假，回去的时候，父母把那所小院退了。此次寒假回家，昔日的故院早已被夷为平地，踩在颓墙圮砖前，傍晚冬日曛曛，大片大片灰暗的云彩被风吹扯得像是梵高笔下涂抹上去的油画，那排落光了叶子的苍白干枯的瘦杨树，依旧还在。我站在曾是故院的废墟上，不知道以后的路在何方……

昨早起来，看着窗户外清冷的城市和密密麻麻的高楼车流，倒是不见了许多年前的窗子上的冰花。今在外地，却十分想趁早学业归来，回到父母身边，不再远走他处。

阿贵其人

欧阳爱武

> 人生不过是一个行走的影子，一个在舞台上指手画脚的笨拙的可怜人，登场片刻，便在无声无息中悄然退去，这是一个愚人所讲的故事，充满了喧哗和骚动，却一无所指。
>
> ——《麦克白》

上世纪七十年代中，刚晓事的我就听说邻村一少年毒死了生产队的耕牛，后来村里人知他神智不甚清醒，此事也就没人追究。他的憨傻却是像风样传遍了乡里。或许他名字中有"贵"字，但家乡没"阿某"称呼的习惯，无论亲昵或鄙夷。不知哪位见多识广者，给其这经典之名。这"阿"音，我揣摩了很久，先去声，至四分之一处快速扬起似上声。再试试，仍不是那乡音。我是不能描摹"阿"音之妙了。久之，村人把闹不清楚之人都称为"阿贵"了，或玩笑，或骂人。

阿贵幼年父母双亡，和单身的哥哥相依为命。嫂子过门，有人戏言，进门就当家，还有位不用付工资的长工。耕牛事件后，嫂子更是任由阿贵吃百家饭，穿百家衣，但脏活累活尽力做，所得一分一厘上交。

真正认识阿贵时，我已在学校上班了。他总是赶着一群牛穿校园而过，去东边的小山上放养，或是在学校前边荒地小憩。一同放牛的多位老人，偶尔也有花季女孩。某天，一老师道："阿贵，给你说个mama（上声，轻声。老婆）啊。"他立即喜笑颜开说："mama，好啊。""她行不？"指着一起放牛的少女说。"不好，不好，她是一个屋场的人呢。"阿贵一本正经一脸羞涩。他从未对异性有过语言或举止上的无礼，也没再做过损害他人财物庄稼的事体，人们对他也少了戒心。

阿贵得到人们认可，是他活跃于村人的红白喜事上。起初，他只帮着挑水，搬凳抬桌子，混饭混肉吃，捞几根劣质烟抽。他做事很卖力，负责，缸里水差不多见底了，他就担着水来了，无论泥湿路滑，他从不埋怨或计较主家水用多了。渐渐地，阿贵介了丧事中的其他事务，夜深时帮孝子守灵，烧香纸、放鞭炮，时间的间隔、烧放的数量他都把握得相当好，道士通宵超度，孝子孝女该跪该转圈他一旁提示着，准确无误。不管丧事延续多久，他精神饱满一直跟进。

更让人不解的是，哪里老了人，他似乎有感应，无人通知，应时而至。再后来的安三、做七什么的，他比自家人记得还清楚，早早地到了，帮着裁草纸、糊包裹打锣什么的，一应事体，他精通无比。他帮忙时，从不正席吃饭，常常是和厨房打杂人同吃，或统统吃完后，他就在灶屋填饱肚子。总之，很乖巧，没发生过不妥的事情。他要照管相邻好几个乡这类红白喜事呢。

人们都知道阿贵，阿贵也都认识大家。看到我，他总是笑眯眯道，你是某某家的女儿哦，你哥哥是某某呢。之后，又记住了我老公，并拧得清我们的关系。再以后，我离开了那乡，回时，路遇，他仍一眼认出，你是某老师哦，现在哪呢？虽然他一脸酱色粗皮糙肉，一蓬乱棕样灰蒙蒙的头发，但那满脸的灿烂，却那么亲切。几年甚至十几年里，没见过，不会有人在他面前提及过；我也从未给他话语的温暖，物质的资助，他却能深深地记住。

和同乡朋友闲聊，有相关话题时，常念及阿贵。我想，至此，"阿贵"已毫无贬义了。阿贵孑然一身，不因家困不为财忙。和我们正常人的庸庸碌碌，思前想后，累家忙钱比，阿贵，幸还是不幸？

终有一天，你会厌倦自拍，爱上合影

叨 叨

1

住在楼下的夫妇又吵架了。听那男人的声音像是喝了不少酒，一边叽歪一边哭。相比之下，女人便凶悍了很多，一边摔东西一边骂娘。

粗略算来，来团结湖半年的时间，他们吵了不下十回了。安静如我、温和如我、有品位如我，可每每遇到这种情形，还是会控制不住骂一句：MLGBD！

上面的话我还没来得及打完，楼下便传来了居委会大妈劝架的声音。可是，这就像是几滴冷水洒到了一锅热油里，瞬时溅了个劈里啪啦。男人嘛，大都好面子。看见来人，他仿佛振奋了精神，铆足了所有的阳刚之气，朝女人喊出了一声"你他妈给我滚！"

按照惯例，我坐在桌前开始数：一，二，三，四，砰！

一声轰响，几句卧槽。女人应该是又砸了什么值钱的宝贝，让这个上一秒还硬邦邦的男人又淘气地哭了个撕心裂肺。好家伙，不给钱都能演这么卖力，白帝城托孤不找你去演刘备真是亏了。

其实，就在几个月前，我在小区电梯里曾见过这一对夫妇。男人大概五十岁上下，女人应该是四十出头。男人那一天便一身酒气，甚至连站都站不稳，电梯一起一降，他便一屁股坐在了地上。可是这时候，打扮精致的女人并没有去搀扶他，而是满脸嫌弃地从嘴里挤出了仁字儿：软骨头！

我不知道他们之间究竟发生过什么，或者正在发生什么，但是我却可以猜到，他们的未来将发生什么。到了四楼，女人头也不回地下了电梯，徒留下男人在电梯里看着她的背影有气无力地吼着：你他妈拉我起来！

我站在电梯门旁，心里五味杂陈，不知道该说什么。于是只能帮忙按着电梯门开关，等男人晃动着爬起来，然后踉跄着走下去。可令我意外的是，当他跨出电梯的刹那，竟突然回过头来朝我笑道：谢了兄弟，得空一起喝两杯啊！

我突然很诧异，诧异的不是一个醉汉要跟我喝酒，而是一个醉汉竟然还记得说谢谢。

猛然想起小弟从云南回来的时候，写在我送他的本子上的感言：

有的人，是对所有人都怀着感谢，哪怕是陌生人。

而有的人，是不知道该对谁感谢，只能给陌生人。

这样一想，刚才那堆积的笑脸，竟有点可怜了。

2

昨天晚上睡不着，在床上开始翻看以前写过的日志。突然发现里面充斥着亲情、友情，却唯独不见爱情。打开微信公众平台，倩倩在上面留言道：涛哥，我要结婚了。你几年前说，有一天你会把你的故事说给我们几个听，现在你准备好了吗？

瞬间，我无言以对，只能假装无知地默默回复道：是准备份子钱吗？

接近一点的时候我给老大打电话，想找他聊会儿。可还没等我开口，老大便悄声说道：等等哈，我出去接，你嫂子睡了。

我说：那别了，我不知道嫂子在。没啥事儿，你们先休息吧，赶明儿再说。

老大说：好。

挂了电话，收到老大的微信，是嫂子在他枕边熟睡的照片。

我说：这是几个意思？

老大说：就想告诉你，终有一天，你会遇上一个人。她安静睡去的样子，就是你见过最美的风景。

我说：丫的，虐狗还整这么文艺！

老大回道：不是文艺，只是觉得，身上的担子跟那过往的时光一样，一天比一天重了。

3

今天晚上下班的时候，我问大玉过年怎么回家。

大玉说，因为老家还没通高铁，所以只能坐绿皮车回去。

我说：那为什么不去老家附近有高铁的城市倒车呢，那样还省时间。

大玉说：这跟有些人死守缘分一样，有些人，就钟爱直达。

我见过几个钟爱直达的人。比如说M姐。

M姐比我大六级，是我们一众学弟学妹心中公认的美女加才女。事业上运气很不错的她，自从毕业后便进入国家某机关，然后一路调任，不过九年的时间，便已经是所在单位的一位中层领导。可是，她在感情的路上却走得十分不顺。自从谈了四年的大学男友迎着毕业季分了手，后面接近八年多的时间，M姐便一直单着。

2014年的时候，M姐回学校，我们一起吃饭。吃饭的时候才得知那天是M姐的三十岁生日。

我们几个小弟小妹不知道该怎么给M姐庆祝，毕竟三十岁对于一个女人来讲，仿佛有一些特别的意义。

就在气氛比较尴尬的时候，坐在M姐身边的小Z突然站了起来，猛然满了一杯酒一饮而尽。然后"刺啦"一声，扯开了自己上衣的领子，拉起M姐的手便塞到了里面。

这一幕来得那么汹涌澎湃，让我们几个目瞪口呆。显然，M姐也被比自己小七岁的这个大男孩给吓到了。于是赶紧抽回手对小Z说，你这是抽的哪门子风？

小Z嘿嘿一笑，一本正经地回答道：姐，我就是让你感受一下男人宽阔的胸膛！

果然，人间有真情，人间有真爱。

M姐突然被他逗乐了，仿佛积攒的所有关于爱情的静电，在那一摸中都统统释放。

她突然转而问我们：你们知道为什么我不结婚吗？

我们说：女人心，海底针，猜不透啊娘娘。

M姐笑笑说：哈哈，因为我发现，自己总不能为了一根香肠，而买下一整头猪吧。

4

元旦的时候，爸妈姐姐姐夫大外甥一起来北京玩。大外甥睡着的时候，我抱着他静静地看他妈跟他爸，他姥姥跟他姥爷一起虐他舅舅。

准备去王府井的时候，老妈从吃饭的地方一出来，便踮着脚给老爸扣衣领；第二天去南锣鼓巷的时候，老爸走几步就回头看看，生怕步子小的老妈被人潮挤没了。后来干脆就在老妈后面走，让她先走几步他再追上去。

晚上回酒店之后，我问老妈，为什么你跟我爸几十年如一日，感情还能这么好？

老妈只说了四个字：能忍则安。

我说：这个忍是什么意思？忍受么？您这天天生活在忍受里面，岂不是很不开心么？

老妈笑了笑说：我说的忍，不是忍受你爸的脾气，而是忍住自己的情绪。

突然觉得，对于老妈这种凡事向己求的人，幸福就是这般轻而易举，信手拈来。

还记得去年回家过年的时候跟老妈聊天，说起幸福这个名词。

我问老妈，我怎样才能带给喜欢的人幸福呢？

老妈说：把自己过幸福，它装满了自然就会溢出去。

5

突然想起前几天跟一个朋友喝了几杯小酒。

在吃饭前的时候，朋友给她女朋友打电话说，他正在陪我喝酒。然后女朋友叮嘱他少喝点。

于是我们就真的喝得很少。可是有意思的是，等晚上十点我们吃完饭的时候，他女朋友再打来电话，他明明看到了却死活不接。

我很纳闷地问：怎么不接电话呢？

他笑笑说：没事，过半小时再说。

在接下来的半小时里，他女朋友打了六个电话给他，三个电话给我，都被他扣下了。

而就在我们准备散场回去的时候，他突然过来跟我说：涛哥，帮我个忙！

"什么忙？"我问。

"你帮我给××（他女朋友）回个电话，就告诉她我跟你一起喝酒喝醉了。你刚刚把我送回酒店住下，我一路上吐了个稀里哗啦，现在已经睡着了，但是即便是这样，我在睡梦中却一直在喊着：××，我好想你，不要离开我。"他一本正经地说着，像个导演。

说实话，这是我第一次听到有人做酒后设计。也就是这一刻，让我觉得我们之间好远好远。

后来，碍于他在我身边一而再再而三地催着，我还是打了电话。但是在电话里，我只对她女朋友说了一句：我把电话给他。

有时候，我宁愿相信有些感情是一场儿戏，也不愿把它当作一场游戏。

因为对我而言，感情里既不应该计算得失，更不应该算计成败。

6

刚才一直在想，要给这篇文章起个什么名字。

这里面既有失败婚姻的争吵不休，也有甜蜜爱情的天长日久。

既有人安睡在幸福的臂弯，让人艳羡、口水直流，也有人走在直达的路上，死守缘分、绝不将就。

还有一些人，像我。一边说着现在还不够优秀，所以"不能"。

但是实际上却是"不敢"。而"不敢"最好的自我安慰，便只能是那一句真真假假都分不清楚的"不想"了。

突然发现，我手机中有照片九百六十三张，照片中有我的四百一十九张，而自拍竟然多达的三百〇七张。

果然，自恋，也能成为一种信仰。

或许终有一天，总会有一个人穿过烟海茫茫，路过你的心上。

就像今天的我，渐渐开始厌倦自拍的房间，爱上合影的路旁。

人生是一座医院

——看病记

拉 夫

> 也许
>
> 人生是一座医院
>
> 我们在其中
>
> 兜兜转转

1

今天起来，天气很好。昨天也是一样。

昨天下午从另一家医院出来，背着包，包里只有病历、书和一点杂物，赵医生开的方子上并没有药。他说，去交十块钱吧，单子也拿走，不用送回来了。

我收好包，从638诊室出来，另一个人进去，一个女孩，由另一个女人陪着。门口一排不锈钢椅子上坐着十来个人，小半空着，一个穿黑色紧身裤的中年女人站在我前面，手里拿着一张黑乎乎的底片，另一个中年女人坐在一个年老的外国男人旁边，他们说着英语，男人反戴着一顶棒球帽。我走出来，拿到号的人又一个一个进去，隔壁是另外一些科室，乳腺的，肠道的，呼吸的……检查人来自表面的情况。

现在是正月期间，北京街上的人头不多，医院也不见排长队。小时候我害怕医生，闻到消毒水和青霉素的味道，就要哭。我总觉得，医院是冰冷而刺痛的。等到大学毕业，参加了工作，有了自己看病的机会，这种感官才有了根本的转变。

我对医院的恐惧感慢慢消失了。十年下来，北京的三甲医院，大大小小逛了十几家，没有去过的，协和算一个。为什么没有协和？也许它太有名了，梁任公在那里看过病，最后还是死掉了。据说是误诊。误诊，将一个作为大国学家的政治家给诊没了。

当然，这也许只是一厢情愿。昨天我经过长虹桥，太阳非常好，风不大，吹着路上的几个人。这种感觉正是我以前对北京的印象：冷，但是干净，天极蓝，看了让人想哭。

2

我最近这一次看病，是肠胃方面的问题。

我推开门，还未坐定，赵医生就问我，"什么问题啊?"

这种情况我已经遇到无数次了。我说，大概三个月前开始，一天里总要大便几次……我往后描述，肠胃病也许来自家族遗传，比如我奶奶死于一次大腹泻，我母亲在世时的最后几年，也是频繁拉肚子。我还说，去年秋末有一周时间，喝了不少酒，暴饮暴食一周后，肠胃的问题就显现了出来。

赵医生对我的描述没有提出任何进一步的问题。他只是说，有没有做过肠镜？我说没有。

"去做一个肠镜。"他说。

我问他，肠镜怎么做？他比画了一下，一米来长的管子，拇指粗细，插入人的肠道。

他没有说管子从哪里插进去，我也没有问。我说，"疼吗？"

赵医生说，躺在床上，打一针，很快就做完了。

我对他开出的诊疗方案完全没有准备。我问他，有没有别的方式？他说有。

就这样，赵医生对我进行了一次外科医生最为普遍的检查。我脱了裤子斜躺在铺着半截革质物的单人床上，感觉到他的手代替一米来长的管子插了进去。并不疼，只是不适，就像我对自己关于这次病症的描述。

他说，你的器官没有问题，肠道和肛门都是好的。他指了指自己的心和脑袋，继续说，"是这里的问题"。

是我内心的问题。

他说，我不问，你也不用说，你自己去问自己。

我感到我们在做一次内心审判或哲学探讨。由此开始，我佩服这位医生了，他看出了我也认同的状况：我的病在心。

我拿着他给我的十元诊疗单，去旁边的收费处，将费交了。

3

我又一次放松了自己。

没有病，或者说，只是心理问题。而我对自己的心理是有把握的。

现在已经是春天，立春是在春节前几天发生的。立春以后下了一场雨，不冷。我已经在家里待了近半个月，快要过完整个春节。这期间，我给爸爸和岳母分别打了电话，给他们拜年，并寄去过年的节礼。

就在这个春节期间，我感到自己的头痛症又犯了。掐着后颈，抓着头顶，我又开始掉头发了。最近几次洗完澡，我晃着脑袋，看见头发几根几根飘下来，像风在秋天吹掉柳树的小枝，夹着头屑，在阳光金黄色的空间里飞。

我又担心自己了。

正是前年春节前，在天坛医院，一位中年的神经内科医生为我证实了抑郁症和焦虑症。

那年春节过得很慢，我是在药物和爸爸的伴随下度过的。在那之前，我的头痛已经相当严重，并且伴随着失眠和比从前加剧了的腰疼。我使用过数羊的方式帮助自己睡眠，但在那段时间，它不管用了。我觉得最后每回，我都是忘掉数羊的行为后，不知道用什么方式睡着的。我醒得很早，醒了后就不再睡觉。但那时我的写作似乎有了大的进展，这从后来的作品整理中可以证实。

神经科是天坛医院的重点科室。因为某次我曾留意到，医院门诊大楼曾打出电子公告牌，两位医生新晋为中国科学院院士。我知道自己的精神出了问题。至于什么问题，我也不知道。

有了明显的头痛症，我去了天坛医院，问过导医，挂神经外科号。还是陈述头痛病情，又附带将自己的工作和作息说了一些。我有不少坏习惯：晚睡，厌食，久坐，不运动，争吵，以及自慰。我没有提到自慰。

在天坛医院（不是天堂医院），我做了头部CT扫描，被证实并没有问题，我的头骨位置正常，没有开裂——我曾多次砸过自己的头。

没有物理性的伤害，医生让我转到心理科，另一个医生主动问我问题，给我做测试。测试做到一半左右，我哭了起来。医生拿来一卷纸——我也留意到，她在诊室的左墙边备了一箱子卷纸——我接过纸巾，越哭声越大。

"小伙子，你这是有多少心事啊？"她说。

我也忘了后来她还说了些什么，只记得这句话。大概也是因为这句话，我哭得更厉害，几乎肆无忌惮了。

现在回想起来，那真是一次彻底的哭，使我想起《无间道I》里开头那些播放蔡琴音乐的镜头。我拿着被诊为"严重抑郁症，严重焦虑症"的结果和对应的药出门，我对自己放心了。

4

在北京，我最早去医院看过的病，是腰疼病。

关于这点，以后另开一篇再详说吧。

看病的经历使我更加相信自己而不是医院。我曾在著名的301医院，经朋友推荐其导师、一位主任医生为我看腰疼病。我记得自己在医生的凳子上坐了不到三分钟，就被下了"没有病，多运动"的结论，将我吩咐出门。在那三分钟里，门外不断有人敲门，探出一个个脑袋。

——他们都有病吗？

——我真的没有病吗？

我知道，我又不知道。我的身体被各种痛症折磨着。

二十多年前，我记事开始，不治之症时常夺取我知道的人的性命。那时我们不说癌症，一个人死掉，不论在家里，还是在镇上的市级医院，便是不治之症。那时，我的爷爷就是被一种表现为咳嗽的不治之症，给要了命的。

喝过人血的爷爷的故事

崔广华

春天奶奶离开了这个世界，老宅里就一个人也没有了，过不了多久，这里的房子将被三叔拆掉，重新盖起一个新的院落。这个院落是爷爷盖起来的，这里最多曾经住过十一口人，曾经是那样拥挤而热闹，如今却所有的房门紧锁，死一样地寂静。老宅也像人的一生一样，逐渐热闹又逐渐归于冷寂。我站在这里，想着爷爷，想着他的得意与失意，想着他的冲动与保守。

爷爷比奶奶走得还早，他去那个世界已经十四年了，也是在春天。

爷爷生于二十年代中期，弟兄三人，他是老小。曾祖父算是中农，家里有几亩薄田几头牛。因聪明机灵，很得曾祖父的宠爱，所以曾祖父就只让他一人读了几年私塾。读过私塾的证明就是他能熟练地背诵《百家姓》，也能用毛笔将点、横、竖、撇、捺、钩写得规规矩矩。能做到这些，在没读过书的人面前他很得意，在接受新式教育的我们面前他也很得意，总是时不时就显摆显摆。所以在我看来，爷爷是个有点爱逞能的人。爱逞能的人大多性格不安分，爷爷也是这样。

小时候，有一年夏天他去北坡给牛割草，远远地看到伪军一个小分队走过来，换作别人也许唯恐躲之不及，但他却突然心血来潮就想戏弄一下这些伪军，于是就猫进了路边的高粱地里放了几个炮仗，结果伪军以为中了八路的埋伏，吓得转身而去。爷爷每次说起这件事都很得意，在他心里那是早年的杰作之一。

爷爷一生的转折点出现在他十二岁那年。邻居家的儿子结婚，吃过晚饭邻近的年轻人都去闹洞房。正常情况下不过说些荤言荤语，推拉着新郎新娘做些亲昵的举动，再过分一些也不过抬起新娘在床上打夯。但那天一个叫老黑的人实在过分，他摸了新娘的手和脸，还摸人家的屁股，新娘都急哭了，他还不收敛。爷爷看不下去了，他对老黑说，人家按辈分还叫你一声叔呢，你怎么能这样？老黑不干了，转头就说关你屁事，并使劲推了爷爷一把。爷爷也不示弱，就跟老黑扭打在了一起。老黑比爷爷年龄大，既高且壮，爷爷被他压在了身下打。被打急了的爷爷就使劲咬了一口老黑的胳膊，摆脱了。老黑的家族势力很大，弟兄五人，老三还入了土匪窝，是我们村里的一霸。老黑没有吃过这样的亏，便扬言要卸掉爷爷的一只胳膊、打掉爷爷的两颗门牙。曾祖父害怕了，去赔礼道歉吃了闭门羹，怕爷爷吃大亏，便不让爷爷外出。

那年秋天的一个黄昏，八路军的一支队伍经过我们村，夜里留宿在了村里。他们穿着军装，扛着枪，神气威武。憋在家里的爷爷动了心，天将拂晓时部队开拔，他便悄悄地尾随跟了去，死缠烂磨留了下来。还没有成年，爷爷先是做饲养员喂马，半夜里醒来给马添一次草料。爷爷总是睡得太死，醒不来，后来就被派去炊事班帮忙。首长看他心灵手巧，还识字，就又让他做了卫生员。爷爷就此开始了他的戎马生涯，不安分的血液在他体内奔突激荡着，让他远离了稼穑桑麻。

不安分是开路的先锋，而此后漫长的路仍需要生存的智慧与默默的坚守。一次部队被围困在了兰考，爷爷突围成功后，在赶往集合地点的途中又遭遇了鬼子。秋末冬初，白茫茫的盐碱地里只有一个废弃的窝棚，爷爷只能藏身于其中。远远地鬼子朝窝棚的方向走来，爷爷突然担心日军可能会过来搜查，他急中生智推倒了隐身的窝棚，伏在其中听着鬼子的军靴声由远及近又渐渐远去。

见惯了流血，见惯了生死，但爷爷的心并未因此而坚硬似铁。羊山战役之后，伤员遍地，爷爷背着药箱忙得团团转。伤员太多，卫生员太少，很多伤员只能放下点药让他们自己涂抹包扎。可是即使这样，很多伤员他们还是顾及不上，只能眼睁睁地看着他们躺在地上痛苦地呻吟甚至死去。有的伤员因失血过多而口渴难耐，吃力地朝着河边爬，有的还没有爬到河边就死去了，死前连一口水都没有喝上。爷爷说："如果有更多的药，如果有更多的人手，死不了那么多人。唉……"最后的那声叹息透露出无比的惋惜。说起这些爷爷往往表情凝重，并会下意识地低头用手去抹眼角，全然没有了以往得意的神色。

解放战争后期，曾祖母病了，病了的她每天都说想爷爷，曾祖父便托人给爷爷捎信让他回来。多年风餐露宿行军打仗，爷爷对军旅生活也生了倦怠之情，他想家了，想家里的爹娘弟兄，想家里的鸡鸭猫狗猪牛，也想家里冬天温暖的土炕和南坡北洼的玉米小麦大豆高粱。于是，一天夜里他和邻近村子的几个老乡开小差回了家。

从部队回家后的爷爷真的安分了。他又开始了春种秋收日出而作日落而息的生活，偶尔带着曾祖母四处求医问药，并且不久娶了奶奶。他以为生活就这样按部就班地过下去了。很快全国解放了，爷爷的很多战友陆续转业安排了工作，爷爷很后悔自己当初开了小差，但后悔过后他就找到一起从部队逃回家的几个人去安置部门理论，最后竟然真给自己理论来了一份工作。爷爷就此成了一名医生，先是在城关医院，后来在大路口镇卫生院。

在城关医院时，爷爷一度患上了偏头痛，经常失眠，有时疼起来痛苦得难以言说，但却无药可医。偶然听一乡村老中医说脑子的病还得用脑子来医，人脑能见奇效。爷爷有个朋友在公安局，一次一起喝酒时说到了几天后要枪决一批犯人，爷爷便想起了老中医的话，便问能不能弄点脑浆吃。朋友说行刑时打脑壳就好了，只怕你不敢吃。

行刑那天爷爷真去了，随身带着一把舀汤的大勺子。刑场在县城北边的河滩上，被枪决的有五六个人，按惯例都是朝胸部射击，因为爷爷的朋友事前做了安排，其中一个被射中了头部。爷爷迅速用勺子接了汩汩流出的脑浆和血，闭着眼睛喝了下去。应验了那老中医的话，爷爷的偏头痛真的好了，再也没有犯过。

我高中就读的学校就在大路口镇，学校与医院相距不过百米，每次从医院门口走过或是去医院看病买药，我都会想起爷爷，想象着他曾经在这里坐诊的场景。不大的诊室，白墙白桌白椅，爷爷穿一件白大褂，脖子上挂着听诊器，摸眉头试体温，打开手电看喉咙……爷爷耐心地接诊一个又一个患者。爷爷有耐心，脾气好，做医生时以看儿科而知名，周边村镇的患者很多都慕名而来。那时爷爷算是走到了他人生的顶峰，脸上经常带着神气而得意的神色。此后，爷爷尽管还是偶尔逞能，时常得意，但他性格中不安分的因素再也没有显露过，他开始回归保守。

五十三岁退休时，他让三叔接了班。因为尝够了做医生的辛苦，他保守地让三叔在卫校学了药学，毕业分配时没有让三叔选择留在菏泽的大医院，而是让他回到了老家。前几年乡镇卫生院效益不好，很多医生都离职开办了自己的诊所。因为学的是药学，三叔只能在单位死靠着拿微薄的工资。虽然二叔没有埋怨过爷爷，但遗憾是挂在脸上的。

退休回家后爷爷本可以在村里继续他的行医生涯的，当时父亲大姑小姑都没有工作在家务农，给他打个下手也都可以借此学门手艺。刚退休那几年，也有不少患者慕名找到家里来，但爷爷最终还是选择了放弃。

爷爷在保守的路上已经难以回头了。他既缺乏商业意识，又没有开拓精神。爷爷退休时我们村已经有了一个卫生室，两个赤脚医生是爷爷朋友的儿子，他们害怕爷爷抢他们的生意，于是由他们的老子出面请爷爷喝酒。五魁首六六六……几轮划拳下来，爷爷醉意蒙眬，那两个朋友便发话了："老伙计，退休了，有工资，别再干了，我们老哥们几个经常一起喝喝酒唠唠嗑多好。孩子们找个饭碗不容易，你就高抬贵手放他们一马，他们有不懂的去向你请教……"酒酣耳热的爷爷竟然满嘴答应，并且一生信守承诺。他受用了别人的恭维，也得意于自己的义气。但爷爷的这一选择却让家人埋怨了一辈子，尤其是几个儿媳。她们经常说："咱爹光图自己享受，也不管这儿孙们怎么活。看看人家，看病的本事还不如爹呢，钱挣得都数不清了。要是当时他也干，咱不也发了。"类似的话我经常听到，爷爷也听到过，但他的说辞总是人得满足，有吃的饿不着就好，你以为做医生简单，起早贪黑，夜里只要有病人来不管天多冷你都得起来。但是这话里也多少带着些失意。

退休后爷爷的生活也算是安闲自在，责任制以前他给生产队种瓜种菜，抓住偷瓜的半大小子他会半真半假地教训作弄一番，让他们吃掉一个苦瓜才放他们走。责任制以后分给奶奶和小姑的四亩田，他平分给了三个儿子，每年儿子们供给他面、油和棉花，他不必像他的同龄人一样为了生计去田里劳作。但他会经常去地里转悠察看庄稼的长势，回来告诉儿子们该浇水了该拔草了该打药了。抢收抢种的时节，他也会轮流去给每家帮忙。虽然爷爷没有长时间干过农活，但农活却样样精通，无论在哪里他都是一个指导者示范者。这时候的爷爷往往又是一脸得意的神色。

有一年麦子丰收，我们家的麦秸垛堆得又高又大，爷爷又抑制不住地得意起来了，逢人就说："看看我们家的麦秸垛。"

爷爷也是一个不甘寂寞的人，他喜欢热闹，爱管闲事，牵线说媒调解纠纷婚丧嫁娶的事他都会帮着张罗，所以三天两头在外边喝酒。奶奶不放心，所以每次都会让我们这些当孙子的去把他找来。一次我和三个弟弟一起扶着醉意蒙眬的爷爷回家，他感觉很好，带着醉意说开了醉话："咱爷五个去公路上砸杠子（抢劫），没人敢惹我们。"那醉话里还是透出了儿孙满堂的得意。还有一次我一个人找爷爷回来，是夏天的晚上，回来时已经很晚了，一起顺路回来的还有另一个老头，两人都有了七分的醉意，走路踉踉跄跄。我扶着爷爷，爷爷得意地夸着我："我这孙子，孝顺。"那老头就心里很不是滋味，他也有儿孙，但没人牵挂着他。路过他儿子的门口时，他停了下来，边踢门边骂，然后还躺在地上呜呜地哭。那时我就明白了这样一个道理，人的幸福与失意都是通过对比产生的。

我是长孙，但我生性腼腆羞涩，我上不得台面，几次拉我到酒桌上敬酒弄得我头顶冒汗拘束不安之后，爷爷很是失望。但他依然爱我，冬天用自行车带我去赶集，我手冻得冰凉，他就让我把手放到他的肚皮上取暖。我上初中的时候，他把骑了几十年的那辆老金鹿自行车送给了我。我读大学了，他又把他戴了几十年的手表送给了我。我考上大学，他感到很光彩，拿着我的录取通知书站在人堆里给人看，享受着别人的恭维。读大学时我每次返校，爷爷都会送我去公路上等车，并且还总是坚持骑车带我。那时他已经七十岁了，身体又胖，我坐在后面能听到他吃力地喘息。我工作了，第一年单位给每个人发了一件羊毛衫，我要了一件最大号的给爷爷穿。爷爷很高兴，最初几天出门外衣都不穿，让那件羊毛衫落满所有人羡慕的眼光。

爷爷是2000年秋天查出癌症来的，已是晚期，治疗的意义不大了。开始都还瞒着他，但他做过医生，他知道自己得了恶病，可是他还留恋这个有着满堂儿孙的人世，眼里流露出的是满满的不舍与哀伤。后来他慢慢想开了，开始为自己的后事做打算。他选了一块离家较近的墓地，安排好了奶奶今后的生活，给三个儿子分好了财产。然后他就躺在老屋的土炕上，等着远远近近的亲友陆陆续续来看望他。爷爷一天一天瘦下去，最后他连一口水都咽不下去了。

　　2001年春天，爷爷离开了这个世界。回看他的一生，有过跌宕起伏，但总体还算波澜不惊。说到底，爷爷终究是一个农民，黄土的黏性让他的双脚始终未曾远离故乡的田地。

春天了，一定要记得开心啊

段保兴

1

2016年，2月4日，立春。宜，嫁娶，忌，迁徙。

春节前。在工厂打扫卫生的母亲难得一天休息。

当天色还黑，母亲依旧早起，把家里收拾一番。待我们起床后，热气腾腾的早点已摆好在桌子上。然而母亲自己却没顾上吃一口，又耐心地给调皮的孙女喂食。

待全家人吃完早点，母亲又要出门，去邻县做客。

出门时，母亲不停地对我们唠叨。"今天立春，不适合打扫卫生，家里就别忙了，好好地休息一天。立春了，一定要开心啊。"

我不耐烦地说："妈，没意思，你去就去吧，这些我们都知道。"

"好了！要记住的，我就不说啦。"母亲一只手拿着个粑粑，一只手抠着鼻孔里的鼻屎，快步地离去。

快步地离去。

（我）

2016年，2月4日。

2

1957年，2月4日，立春。宜，开光。忌，破土。

春节后。屋里的炭火烧得熏旺。

我看着父亲身着单衣，焦急地在院子里踱来踱去，我知道家里也许会添个弟弟，或者添个妹妹了。而我十分想要个弟弟，爹爹也很想要个男孩。这年头，家里衰败得厉害，急需添丁进口，急需添些旺气。

我看着远处的妹妹，她蹲在墙角下，用口水和着泥巴。而发黄的鼻涕，流到嘴角，也不揩拭。我懂得：她什么也不会明白，什么也不会在意；她只知道，一个人要无忧无虑地开心。为此，我不禁感到深深的孤独。

我扭头定定地盯着天空，发现那天，有些阴了。

呜啦，呜啦。我听到声音，望向门口。呜啦，呜啦。我听到声音，是一个女孩。呜啦，呜啦。我不能大哭，只能紧紧地握住拳头。呜啦，呜啦。在那一瞬间，我感觉到我的心，仿佛有一只手在左右拉扯，在深深地揪疼。

我依稀看见，老父亲拖着身子走进门里；他的面孔，仿佛再次苍老了一截。我又一次听见院外的人们在大声地欢呼"好了，万恶的地主家又多了一个女娃"。

我又一次捏紧了拳头，泪水滑脸而下。

我模糊地看见疲惫的父亲，大张着口，似粗喘着气。他轻微地摇头，颤颤巍巍地伸出双手，想抱一下新生的妹妹。可是妹妹只会大声地哭喊，只会用力地挣扎，仿佛不愿降生在这世上，仿佛不愿降生在这家。不知怎么，我也喘了口气，紧紧握住的拳头又一次松开。

父亲半举着手，在半空停一会儿；见妹妹还在哭喊，没看他。父亲便收回手，退后一步，默默地看着妹妹。

我想父亲那苍白的面孔，一定在慢慢地变铁青。我暗怪妹妹，一出生就让父亲难过。我想进屋去看看，可是，当我迈动脚步的时候，我停了下来。我！不能离开这里，我得克制感情，只有这样，我才能一个人，平静地守在门口，我才能一个人，无望地守卫家门。

我抬头静静地仰望天空，那一望无际的灰色天空。安静地对自己说：我没有孤独，我没有伤悲，我没有埋怨，我也不会害怕。虽然，我的身子在冷风中，瑟瑟发抖。

我看着屋里的火光。似乎看见我以后的兄弟……和我一起守护家门。

当然，如果没有……

我也能一个人堵死家门！

我再次漠然地盯着墙角玩泥巴的妹妹，又再一次地抬头仰望天空。

那，将要落雨的天空。

（大舅）

1957年，2月4日。

3

1978年，2月4日，立春。宜，安家。忌，安床。

春节前。院里人声鼎沸，喜气腾腾。

我在屋内，看着黑乎乎的木炭，在红灿灿地燃烧，燃烧着最后冬日的冰冷。

我要嫁人了，我要嫁到深山里的一户陌生人家。我看着床头，那叠得齐整的一套新衣服，那是我一生的嫁妆。我盯着新衣服里，那一条崭新的蓝色棉裤。我再次拿起了剪刀，轻轻地剪去，它那黑色的多余线头。

深山里的路，深山里的人家，深山里的破房，深山里的人们……我以后的生活要怎么开始？我以后的生活要怎么继续？我以后的生活要怎么……

我不知道，我一片迷惘。

我听着屋外喧哗吵闹的声音，我的心里却如水平静。

我又一次想起了那天。那天在屋内，与父亲的交谈。

"我不嫁，我不会嫁那家。那家离我家的路太远，去那家的路太难走，太难爬。爸爸，我要陪着你，我要陪着你一生。"我捻着麻绳，盯着父亲，大声说。

"走吧！嫁过去吧。"父亲叹息着摇头，慢慢地屈身半跪，缓缓地抬起右手，递给我一把发亮的剪刀。

"把嫁衣裁好。"

我推开剪刀，慌忙扶起父亲，泪流满面，对父亲说："好！"

"外面有晒干的萝卜？"

（母亲）

2016年，2月4日。

4

1982年，2月4日，立春。宜，祭祀。忌，安葬。

春节后，万物开始苏醒，苏醒不成的就会沉睡。这是带病

108

老人们，都要熬的一段时间。

"我说开眼就要开眼，我说闭眼就要闭眼。那只是几秒钟的时间哦！"我站在院子里，不能到处乱跑，只好自言自语，自玩自乐。

大人们好像都很慌张哦，让我不要乱跑，还让我不要进姥姥睡的房间，就连那大门都不准我看一眼。

我想妈妈了，想那又漂亮又温柔又勤劳的妈妈。于是，我偷偷地爬上大树，偷偷地看向屋里。

妈妈半跪在床边。躺在床上的姥姥睁着发亮的眼睛，定定地看着妈妈。她伸出一只手，紧紧地握住妈妈的手，嘴巴在不停地动着。

那个模样，真的好可爱哦，就像我，在嚼吃好吃的东西。

而妈妈半跪在那里，一直低着头。一直在哭，一直在哭。一直在哭？

"妈妈，别哭啦！姥姥一直对我们最好了。她以前，把东西交给我们的时候，都是这样子的哦。姥姥给过我高高的二胡、矮矮的毛笔，还有圆圆甜甜的苹果。那是她舍不得吃，偷偷藏起来的，偷偷留给我们的哦。那些东西，都是姥姥一点一滴，到处找给我们的哦；那是很费力的，而且是很费时间的哦。"

我在树上挪动了下身子："妈妈，现在，姥姥要交给你什么好东西哦？要给你讲什么好故事呢？不要隐藏哦，要讲给我听哦。"

妈妈，你怎么跑回了我们睡觉的屋内。妈妈，你怎么拿起了那条从没穿过的漂亮蓝裤。

我擦了下眼睛："妈妈，我早就知道了，那是你藏起来的，唯一嫁妆。妈妈，我真的知道了，那是你藏起来的，姥姥的蓝裤。妈妈，我其实还知道了，姥姥一直在被窝里睡着，是因为没有一条好的裤子。"

妈妈，其实不用的，姥姥不会走的。妈妈，其实不用的，姥姥不会冷的。妈妈，其实不用的，姥姥不会要的。

妈妈，其实不用的，姥姥看见我在树上，已经惊呆了；妈妈，其实不用的，姥姥担心我在树上，怕掉下来了；妈妈，其实不用的，姥姥已经看见我了。

姥姥已经看见我了？

（大哥）

1982年，2月4日。

5

2016年，2月4日。立春。宜，出行。忌，栽种。

春节前。妈妈难得的一天休息。

天色晚黑，妈妈回到了家里，喝了口水，坐在了我的对面。

接着，妈妈看着屋里还在昏昏叮叮，沉迷电脑游戏的三儿子。又起身，把门关上，然后坐下，轻声对我说："今天华子结婚，送去了一百，路上又花了一百，去庙里祈福，又花了一百。"

我点点头对妈说："给妈的六百块还够用吗？不够用就对我说。"

母亲对我说："够，够，够，绰绰有余。"半晌，母亲又再次压低声音对我说："哎！华子娶的媳妇好漂亮，家里情况好好的。"

我摇摇头，看着关闭的里屋门，对妈说："他，看不见，他，也听不见。他不会看电视的。妈，你就别担心他了，就自己看会儿电视，休息一下吧。我先去看看娃娃睡了没。"

我进了屋，过了一会儿，再次出来。看见妈妈穿着脏破的皮鞋，睡倒在沙发上。

我静静地站着，只听见妈妈的呼吸声。

我静静地站着，只看到电视的广告在无声地演义。

在无声地演义。

（二哥）

2016年2月4日。

三娃被水鬼捉走了

智啊威

　　汾河已经断流，河床上芳草葳蕤。傍晚，我走在齐腰的草丛里，伸出手臂双桨般拍打着虚无的波浪。而当我停下来，四野岑寂，偶有一两声鸟鸣从远处传来，我知道，那是三娃在叫我的名字。

　　二十年前的一个夏日，我们在凉爽的汾河中嬉戏，像两条欢快的鱼。三娃从河床上抓起一把细碎的石子，浮出水面时朝空中喷出一片水雾，在水雾下落的过程中，一道彩虹赫然出现。他把手中的石子投向我，笑着说，阿伍，快来捉我！然后，便一头扎进水里，至今也没有再浮出水面。而那道小小的彩虹却一直横亘在我的记忆中。

　　那天，三娃他奶站在河水边哭得撕心裂肺；水生动用了三条渔船在河面上打捞；两岸站着的村民伸长脖子叽叽喳喳，像一群等待着进食的雏鸟。他们表情严肃，紧张；只有我一边奔跑，一边巡视河面，看到水面上泛起旋涡就悄声低语地说："喂，三娃，快藏好，别让他们找到你！"河水在流动，给打捞增加了难度。暮色在河面上散开的时候，水生他们开始收拾打捞工具，"水流着哩，鬼知道被冲哪里去了！"三娃他奶被人从浅水区架了上来，浑身湿漉漉的，目光呆滞地坐在岸边。

那段时间，我对三娃高超的潜水本领钦羡不已，并时常幻想自己也拥有那样的技能。倒不是要玩捉迷藏取胜谁，我只是想像三娃一样顺流而下，去到一个叫海口的地方。

三娃他爸妈在海口打工，我爸妈也在海口打工，他们很久没回来了。自从豁子爷告诉我们河水流向长江，江水流向大海这个秘密后，我和三娃便常坐在桥上看着河水东逝。看着流动的水，便觉得离自己的爸妈很近。

后来，我和三娃开始给各自的爸妈写"信"，把烟盒子里面的那层锡箔纸叠成小船，让它顺水而去。由于不会写字，我和三娃给爸妈的信上没有字。我们在叠船的时候，把自己想对爸妈说的话都悄悄告诉小船，并坚信小船从汾河流入长江，从长江流入大海的时候，在大海的入口处，被自己的爸妈一舀子舀上来，然后把船贴在耳朵上，就能听到我们想对他们说的话了。很多次都是，叠着叠着，眼泪唰唰地往下掉，吧嗒吧嗒地打在手中的纸船上。

曾在一个蝉鸣聒噪不止的午后，我和三娃蹲在柳树下看蚂蚁搬家，豁子爷坐在门口的一把竹椅上乘凉，他听到我们的动静，便主动跟我们搭话。豁子爷七十多了，先前患了白内障，他儿子石头心疼钱，没给他瞧医生。一天早晨，豁子爷醒来后发现世界一团黑，他摸索着爬到院子里，带着哭腔绝望地喊着："石头啊，石头！我瞎啦石头……"那时我和三娃在屋檐下捏泥人，听到豁子爷的哭号，便循声跑去，看到他趴在雨后泥泞的水洼里，浑身脏兮兮的。石头从窗户伸出头瞧了一眼，把头缩回去的同时撂下一句："嚷嚷啥？不是你瞎，是天还没亮！"

往后的日子，豁子爷又哭喊了几次。他一哭，石头就断他的口粮，渐渐地他也不敢哭了，一个人长年累月地坐在大门口的柳树下。没有人愿意跟一个瞎子闲聊，包括整日在村里无所事事的我和三娃。但后来，我和三娃还是被豁子爷那张嘴吸引去了。他的嘴一张，妖魔鬼怪就喷涌而出。可我和三娃也有听乏味的时候，乏味了，便也不再往豁子爷身边去。那段时间，豁子爷一个人坐在柳树下愁眉不展。有一天，我和三娃路过他身边，豁子爷突然提高嗓门来了一句：

"狗剩家的老母鸡生了个猪娃子！"

豁子爷的这句话在我身体里哐当一声巨响。我和三娃不约而同地停了下来，面面相觑。老母鸡生猪娃子？三娃斜眼看着我。我确定地点了点头。三娃回头望着豁子爷问道，老母鸡咋可能生猪娃子？豁子爷一副成竹在胸的模样说，咋生的？你过来听听不就知道了。就这样，我俩好奇地蹲在豁子爷跟前，听他讲述一只老母鸡是怎样生下一头猪娃子的故事。

豁子爷讲得起劲儿，我们听得认真，不知不觉间，月亮已经爬上了树梢。

爷爷说三娃被水淹死了，并警告我以后不许再去汾河玩，不然我的屁股就会被他的巴掌打开花。三娃他奶整日跪在汾河边痛哭。我路过豁子爷身边的时候，连豁子爷都说："阿伍，水里有水鬼你不知道吗？那水鬼就爱吃你这么大的小孩，肉嫩，一口吞一个，连骨头都不用吐！"即便我知道，三娃压根没被水鬼捉去，但豁子爷描述水鬼的模样时，我身上还是起了一层鸡皮疙瘩。

我不愿意出卖我的朋友，因此我不愿意告诉他们三娃没死。我不愿意告诉他们那天三娃躲在一片水草的下面直到夜幕降临，水生停止打捞，他顺水而去，朝着海口出发了。

客观讲，三娃的消失并不突然。两个多月前，三娃他奶因下雨路滑，提水时摔伤了一条腿，我和三娃坐在桥上叠纸船的时候，三娃说："我奶不买药，我奶舍不得把钱花到自己身上。"他还说，这一次他给他爸妈写"信"，就是想让他爸妈快点回来，"俺奶摔伤腿了，好几天下不了床，俺爸妈再不回来俺奶就要死了。"说着说着，三娃哭了起来，看着三娃哭得稀里哗啦，我心里一酸，也跟着哭了起来。

哭累了，我和三娃便开始下河捉鱼虾。直到太阳西沉，暮色浓雾般在河道里散开。我捉了两只螃蟹，三娃捉了一条小鱼和十几个蚂虾，用方便面袋子装着往回走。三娃想用他那一条鱼和十几个蚂虾换我的两只螃蟹。我不想换，可当三娃说他奶爱吃螃蟹，他奶腿受伤了，他想给他奶做螃蟹吃时，我动了恻隐之心，决定把自己的那两只螃蟹送给三娃。三娃高兴得不得了，反问道，我的小鱼和蚂虾你不要了吗？我大方地说，不要啦！并说出了自己的观点："你奶是个大人，胃口大，这几条小鱼虾先给你奶塞牙缝子，牙缝子塞满了再吃那两只螃蟹，不然，那两只螃蟹都跑你奶牙缝子里去了！吃不到胃里，就等于浪费了。"

路过豁子爷家门时，豁子爷听到我俩的谈话，便问我们去哪了，我说去河里逮螃蟹跟鱼虾去啦！三娃子唱叹道："豁子爷，你说汾河里的螃蟹和鱼虾都跑哪去了呢？咋恁难逮呢？"豁子爷呵呵笑了，他说，河里的鱼虾跑江里去了，江里的跑海里去了。三娃追问道，那海口的鱼虾是不是都多得数不过来啦？豁子爷一拍大腿，说：海口的螃蟹鱼虾多如牛毛。人站海边，拿个洗脸盆，想吃螃蟹，一盆子舀下去就是一盆螃蟹，想吃鱼虾，一盆舀下去就是一盆鱼虾。

豁子爷这番话，听得我和三娃对海口的向往之情更加强烈了。

半个月过去了，没收到回信，也不见三娃他爸妈回来，我俩再坐在汾河桥头上的时候，三娃明显有点忧郁。我想安慰他，又不知道该怎么说，只好和他一起陷入在沉默的夕阳里。

三娃整天闷闷不乐，也没了听故事的兴致，但豁子爷听到我俩路过他身边，依旧会诈声道：

"丰收家的驴昨天夜里吹着口琴飞走啦！"

"老光棍学林跟他家的兔子结婚啦，生了个火球！"

"东地老坟院里跑出来一个光着屁股的娃娃长了八条腿。"

"……"

豁子爷不断抛出离奇的"诱饵"，但我和三娃已经没有丝毫走上去听一听的兴趣了。豁子爷以为是他的话题吸引力不够，因此不断加大话题的离奇度。

那个傍晚，我和三娃坐在村头的石磙上看月亮，看着看着，三娃突然转过头，望着我说，阿伍，我要去海口把我爸妈叫回来，我奶奶的腿都肿了，疼得整夜整夜地睡不着。"我爸妈再不回来，我奶就真的要死了！"三娃带着哭腔。我问他咋去，三娃说，游过去。他看我没听明白，补充道，从汾河游到长江，再从长江游去大海。三娃问我要不要一起游，我说行！但转而一想我还不会游泳，就又摇了摇头。三娃说，那你就别去了，我一个人去，你有啥话要我捎给你爸妈的没有？保证捎到！我说，你让我爸妈回来一趟，告诉他们我想他们了。如果他们回不来，你就让我妈给我买个变形金刚，你帮我捎回来。另外，叫我爸给我爷买二斤唐僧肉，我爷喜欢吃唐僧肉。三娃反问道，是《西游记》里的那个唐僧吗？我说是。三娃皱起眉头说：

"不好弄吧？那么多妖精都没吃嘴里！"

"让我爸妈想想办法。"

"你咋知道你爷爱吃唐僧肉？"

"有一次赶集，我爷给我买了两根香蕉，我剥了皮，让他咬一口，他不咬，他说他不爱吃香蕉。我问他爱吃啥？他笑呵呵地说，爱吃唐僧肉。"

"行！"三娃坚定地点了点头。

三娃说罢这话的第二天，就从河道里消失了。

自从三娃顺水而去之后，我时常偷偷地跑去汾河，站在桥上朝远处张望，期盼着有一天三娃和他爸妈开着船回来：远远地，三娃站在船头喊着我的名字，他一手举着变形金刚，一手举着唐僧肉……

三娃他爸妈从海口赶了回来，含着泪收拾了三娃的衣服和玩具放进一口小棺材里，抬到河堤上埋进了泥土中。在埋葬的过程里，三娃他爸妈一边哭一边拼命地捶打着自己的胸口。看着他们哭得如此伤心，我很想走上前告诉他们，三娃没死，可转念一想三娃没死，那他在哪里？他爸妈都回来了为什么他还没回来？他是不是迷路了？他是不是因找不到去海口的方向而终日在水中徘徊？抑或是被大鲶鱼或水鬼吃掉了？想着想着，我的额头上渗出了一层冷汗，浑身一个激灵，才从幻觉中回过神来。

三娃不见后的日子里，豁子爷的处境更加窘迫。石头一天只给他吃一顿饭，还不给吃饱。我从家里给他拿馍，他也不要。他说阿伍你不要再拿了，我早就活够了，饿死拉倒，早死早托生！

不到一年，豁子爷就去世了，两年后我被爸妈从故乡接去了海口，这一晃就是二十年。这二十年中，每到夏天，无论如何，我都要返回故乡，在汾河边走一走，站一站，想一想。客观讲，我知道三娃是去了另一个世界，但在潜意识里我总觉得他还活着：他变成了一只鸟，一片叶，或一阵风，长年累月地守护在这里。

　　现在，我行走在河床茂密的野草间，河道里的浓雾弥漫开来，幼年的画面不停地闪现，而我被那声声鸟鸣牵引着往前走，朝着童年的方向。我知道，三娃就躲在前方浓密的野草中，他会在一个我不经意的瞬间，突然从草丛里站起来，笑着说："嘿，阿伍，我在这！"

沐浴在灰霾之下

——她眼中的横店雏妓

郭 娇

　　我看见女孩们时，她们正围着桌子吃饭。五个椅子，不多不少，恰好够坐。菜汁洒了出来，白色的餐巾纸像鸽子一般飞了满地。偶尔门外有陌生男子走过，她们便发出怪异的大笑声，吹着口哨，直到男子的背影消失在前方的十字路口方才作罢。

　　五个女孩年纪不大，最小的不过十一二岁，最大的与我年龄相仿。每天会在下午三点左右出现在店里，由年龄最大的女孩带领。她留着红色短发，在几个人中十分醒目，红衣黑裙，像一朵蛊惑人心的鲜艳玫瑰，热烈地绽放其中，高声地笑，用筷子敲着餐具，说话不离脏字。我料想她应是有着与发色同样的红唇，可当我投去注视的目光时，她却给了我清汤挂面般的轮廓，浅浅的眉眼未施粉黛。面庞的血色似乎全部被张扬的红发吸光，显露出病态的苍白，这种反差令我惊诧不已。

　　店里的菜目考虑到南北两地食客的口味，并不单一。女孩们却只点素菜，四样便够，外加数目不变的两瓶矿泉水。每当我递给她们水时，一人接到，我的手总会碰到她的手，有点温热，不知为何，接触的那一瞬间常常让我有些微妙的感觉。

　　身处这个被称为"东方好莱坞"的横店小镇，无数剧组在这里扎根拍戏。大牌影星从不轻易现身，见到的多是三线或群众演员，匆匆地来店里点餐而后匆匆地离开，用餐时间没有规律，并不多言。我一度好奇她们的职业，我做过许多种随意的揣测，然而我只是清楚地知道她们不是演员。

许多部影视将横店作为拍摄采景基地，电视中的古居皇城，还原民国本色的老上海广州街香港街多有横店景区的风采，毋庸置疑，这个小镇的每一块地皮都有无限可能的发展潜力。港商台商纷至沓来，外来人口新鲜的血液不断补充，旅游商业经济活跃到顶点，没有人知道，它会走到怎样的阶梯。随之产生的餐饮娱乐业链条，更是整日整夜地摆动，让这个本是落后宁静的江南小镇再无法回到以前的模样，各个角落里充斥着欲望和喧器，即便直至深夜，横店小镇仍奔腾着不安与聒噪。

灯红酒绿的长街，有人得意有人失意。得志者意气风发，一抒胸中块垒。沮丧者收起行囊，默默地离开让他悲伤让他忧愁的小镇。从横店脱去偏远贫困的外衣那一刻起，就注定它在走向真正繁荣昌盛的城市化前，公平和光明磊落一定程度上会受到冷落。衣冠楚楚的人身拥重金享受服务，无论服务是否道德或是合法。在这个蠢蠢欲动的地方，总有一些人丢了自己，失了灵魂。

关于她们职业的揣测，只是一闪而过，我极力地说服自己她们不会那样做，可我骗不了我的眼。在十字路口，我看见一个年轻的女孩浓妆艳抹，随着足以当她爸爸的人上车，在明明灭灭的路灯中绝尘而去。她的酬劳并不能全得，回来后按照一定的比例如数交给"管理者"。

次日她们再来时，我见到那个女孩，没有上妆，头发绾着松松的发髻，睡眼惺忪，大抵刚起床。依旧和往日一般，笑着闹着，用筷子敲着碗，花枝乱颤地和其他女孩侃侃而谈。

我无法接受这样的事，她们从不是我的朋友，也从未向我说过她们的事。我却感到莫名的受骗感，即使我知道这样的感觉无理取闹。

东莞事件发生后，我曾经一边倒支持取缔这样的服务行业。所谓法不诛心，只看行为后果，我也坚定地认为是女孩们自甘沉沦，若努力奋斗，不会成为被扫除的对象。

我看见女孩们自己盛饭，却未盛满。妈妈走了出来，亲自为她们添饭。她们跟在妈妈身后，阳光从门外射进来，投在女孩们的背上。就像多年前我放学回家，等在妈妈旁边，看着她给我拿饭。这样的场景是如此美好单纯，不掺杂丝毫萎靡，夜生活如何不堪，可在白花花的阳光下，所有的暗淡都能消失。

妈妈早就知道关于她们的种种，可在我反复追问之前从未对我讲过。她不曾对女孩们另眼相看，甚至会在有时多关照她们。女孩们比我还要小，却是早熟，带着年幼的弟弟妹妹从贫寒的老家来到横店，没有学历，没有力气，面对花花绿绿的诱惑无法自拔，只能越走越远。

后来，我终于知道，为什么会同我素不相识的女孩们生气。在乎的人才会有"气"生，那我在乎她们什么呢？于内心的深处，我是喜欢她们的，喜欢她们的活泼。可是，我又是不喜欢她们的，不喜欢她们做背离传统道德的工作。然而，同情和怜惜终究占上风，我以为我会冷眼相待这类女孩，没想到我真实地接触到她们后，知道她们的苦楚，我却怎么也无法轻视她们。

女孩们仍然点了四个素菜，没有喝酒，还是喝了两瓶矿泉水。一个穿着白衬衫的男子走过，她们互相递了眼色，吹起口哨，"嘘"的一声传了好远。

她们走得有点远，远得几乎找不回最初的起点。在这个如花的年纪，也许因为一个瘦削的背影或是棱角分明的侧脸都会怦然心动，芳香四溢。可是，女孩们因为生计因为诱惑走错路，不得已地走向本不属于她们的成熟。她们是恨生命里来来往往的那些男子的，夺去她们对美好的向往，掠去对同龄异性的神秘，将人性最丑陋的一面完整而残忍地展现在年轻的女孩眼前。我鄙视享受服务的男子们，是他们，让女孩们戴上有色眼镜打量所有的男子，再也不相信至情至深的真正好男儿，让她们的世界里，除了以"钱"作为纽带连接异性，再无其他。

凤凰花开，我儿子没了

——的哥老方的故事

黄 维

1

你不是有机会留在部队吗？

春节后，的哥老方从老家回到深圳的第一夜就邀我过去喝酒吃家乡菜。

他一敲开我家门就急匆匆地将一黑色旅行袋丢在我家电视柜旁，我打开一看，牛肉、焖子、草鸡蛋、铁棍山药塞得满满的。老方瞅了瞅我家，鼓着腮帮笑呵呵地说："没金屋藏娇啊？一个假期都在家里窝着？待会儿去我家整点，我现在就炒菜去，都是家里带来的好东西。"我答非所问地问他啥时到的，他说刚进屋。

搞这么多东西累不累啊，几千公里呢。

老方抹一抹额头的汗，虚胖的身体明显是连夜赶到又爬了五楼的后果，他一说话就带着笑："累个球，都是家里没人要的东西，可惜少了下街杨记烧鸡，那可是好东西，转到他家居然没开门，都怪我家那不中用的女人，不听话，没提前准备，下回给你带烧鸡。"

"鸡是好东西。"我配合他笑。老方拍拍我肩膀："待会儿过来啊，我现在就回去炒菜。"说完，转身就出门。我一眼瞥到他满裤腿的黄泥，显然一路走了泥地到县城搭车，我是无法想象他扛着这么多东西怎样辗转回到深圳的。

在深圳，我有幸不用出去租房，住在公司的联排单身宿舍，每月三四百的房租水电费这样让我在这座全国房价最高的城市生活了七八年。的哥老方住在隔壁楼梯口顶层的安全房里，房间不到二十平方米，他也包了整个顶层的阳台。用老方的话说，这是他的屋顶别墅，可以吹吹台风看看星星，还能看其他楼里的各种亲亲。他还真在楼顶搭了个雨棚，种了几盆花草，什么芦荟、小葱、番薯叶，既可观赏又可享用，一举两得。想到那些花草，我的耳里就会浮现他隔着房子喊我的声音："兄弟，小葱又发芽了，番薯叶怎么冬天还这么旺盛，老子都不如他，我要把丫的炒了吃。"这个时候我就知道他酒瘾来了。

一桌子菜，老方手艺不错。问我："啤的还是白的?"我还没开口，他又说："先整一瓶白的，不够再来啤的。"我要去拿碗，他一把将我压在板凳上："别动，哥来，马上就好了。"在他这里，我就像一个孩子，生怕我一伸手就打了碗筷。只好由着他，任他安排，只等着还没开吃就喝那一口。酒过三巡，老方的话就开始多了，他掰一瓣生蒜头丢进嘴里，开始翻来覆去讲他给我讲过不下百遍的历史。

老方叫方书章，显然他父母希望他读书出人头地，可他偏偏初中没毕业就进了部队，从了武行。四川凉山的兵真不好当，地处川藏边界，环境荒凉不说，还有很多少数民族，处理事情也矛盾重重。有一回执行一个死刑犯，胆都被吓破了，那是他第一回枪毙人，当场就吐了，回去后总觉得监狱里有人影跟随，特别是值夜班看守那些犯人，总觉铁门口有人站在那里与自己对视。胆子也就是从那时开始大起来的，老子都杀过人了，还怕个鸡巴。老方说当兵五年，要是当时留下来，估计现在也是某局局长，也不会这般流浪。

我问他，你不是有机会留在部队吗？

老爹直接找了领导，让我回家结婚，就这样回去了，你也知道，二十来岁的小伙，火气正旺，五年不知道女人什么滋味，心里也痒痒啊，再待下去就要弯了。那时也小，不知什么前途啊，农村人没见识，结婚生孩子就算有家了。

说到生孩子我就笑，大家都说，你回家一次就生一个，命中率百分之百啊。

老方抿一口酒，两眼眯成一条缝，1994年结婚，第二天就出去跑长途货车了，三个月回来，就说有孩子了，计划生育严，没敢继续要。直到2000年来深圳开的士，更没机会在家陪老婆孩子，两三年不一定回去一次，回去一次再回去，孩子就他娘的会走路了，这样就生了三个。

我大笑，果然是部队打过枪的，就是不一样。

咱共产党员打仗就是本领要硬，没真本事扛着枪有个鸟用。老方喝得满脸通红。

2

四十多岁学外语的学生

入深户在前几年火热得很，听说有人花几万块买一个指标，如今实行积分入户，老方也踏实许多，成为深圳人指日可待。可搁在老方胸口的石头还是孩子，计划生育不合法，分数也不够。好几次来办公室咨询我，入深户要哪些条件，你帮我分析分析。

老方其人还是有几面的，我刚升部长那段时日，一到办公室就把我当领导，一口一个黄部长，很是不适应，或许习惯了他在楼道里叫我老弟，一下子这般尊称让我全身起鸡皮疙瘩。只好打趣，黄部长有多黄啊？老方也顺着，这得问梅林四村的那帮女人啊。

谈正事，我说，你得考个高级技能证书加七十分，要不你就去骗个大专的证书，一百分就没问题了，哪个容易就哪个吧。孩子的事只能怪你管不住自己的枪了，我也无能为力。

就没辙了？老方两眼眯瞪着。

有啊，回家把孩子送人。我边处理投诉，边盯着电脑。

好，我这就让你嫂子把那三岁的小崽子卖了。说完正要走，我赶紧叫住他。

老方回头，怎么了，黄部长，孩子你也要管？

我一把将投诉单给他，表情严肃。老方拿起一看，的确是他的车号，投诉他绕路。他没有像其他司机一样发飙，只伸出一个指头勾我："乘客电话给我，相信我的话，我来搞定，绝不给公司造麻烦。"公司有规定，不许将乘客电话给当事司机，很多司机拿到电话都会理论一番，更加激化矛盾。但这是老方，我还是从了。依然不忘交代几句："别跟乘客吵，造成二次投诉，你饭碗就没了。还有你报名考高级证书的事就包我，别操心，好好开车，安全第一。"

其实老方的作息很有规律，并不是酗酒的人，每天早上五点起床，下午四点多交班，晚上九点就躺下了。开车也规矩，从没有投诉违章。或许是近日想入深户想多了，开了点小差。公司的投诉并不多，那几年也太平，司机赚钱的时候，管理严苛，各种考核。我第一次接触到他们的时候，还是有很多共同语言的，也许大多都是从老方那里开始的。深圳的士行业的司机成老乡聚集效应，湖南攸县、湖北、河南、江西、福建、东北、广东其他县市的，深圳很多村都成了老乡村，相互介绍，一起扶持。

技能竞赛的文件一下发，我就帮老方报了名，有技能等级人数也是交委对出租车企业的考核，公司自然多鼓励司机报名，报名费也可由政府补贴。但要拿到高级证书也是有难度的，理论考试要考交通法规、城市道路、服务水平、车辆结构和维修知识，更变态的是还要考英语；实操考试更是大比拼定点停车、坡道起步之类的。对于实操，老方说那都是小事，天天在路上操，还能过不了？关键是这理论，还有那英语，想想都头疼。于是我自然成了老方辅导老师，他说，我时间宝贵，每晚只给你一个小时的教学，教不会不要叫我大哥。我只好怀着忐忑的心接了这个学生。

对于一个四十多岁学外语的学生，我真是知道什么叫记忆力差，什么叫发音困难，比小孩学说话都难。正规的发音教学肯定不行了，只好把所有服务用语编成汉语同音发音，然后编一个个故事教他。顿时感觉自己就是大人在给孩子讲故事，说着他就睡着了。这厮还真睡了，每次不到半小时他就倒在床头打呼噜了。我也经常应酬多，并不是每晚都有空来伺候他，就这样有一次没一次地给这个老小孩上了一个月课，看着他上了考场。

一日，老方孩童一样蹦到我办公室，黄部长，有一个好消息一个坏消息，要听哪个？

我真是没法接受一个五大三粗的老男人跟我玩这个，只好故作严肃地蹦出一个字，说。

好消息就是那个乘客被我搞定了，当时车上那小伙不停地联系保险的事，就知道是干保险的，你也知道，我们的哥都有火眼金睛，看人一看一个准……

说重点。我实在无法忍受他这般啰唆。

老方不理我，继续喷口水，我给他电话，说我是拉你的那个的哥师傅，先是道歉，然后提到我们很多的哥想买意外险的事，那小伙乐啊，两人交了个朋友，他主动打电话到交委说要求撤诉，是一个误会。牛吧，你哥。

其实他的投诉早已撤诉，我早已知晓，但还是附和他，你牛，有才，你真是上天了，没事就走吧，忙得很。

还有一个坏消息，你不想知道？老方瞪着眼睛看我。

坏消息你自己享受就好了，何必分给我。

没你不行啊，要你才能让我把坏消息变好消息。明天我被邀请参加培训班的经验交流会，重点讲如何学习英语，理论考试满分也是烦恼。

看到他咧着嘴故作萌态的表情，活脱脱一个功夫熊猫的贱样，真是心里无法忍受。正想骂他好坏分不清。他赶紧丢下一句话，今晚找你，帮我讲讲该讲什么。说完就抱着那堆发票和色带腆着肚子离开了。

老方如愿以偿地拿到技能竞赛的高级证书，还一下子杀进前五名。好几日都屌炸天的感觉，走路的方步迈得更庄严，心头搁了很久的入户想法又提起来了。

3

凤凰花开了，我儿子没了

公司旁的那条路叫梅村路，路两边种满了凤凰树，也就是在凤凰花开的那个季节，老方做出了一个狠心的决定。老方发信息给我，凤凰花开了，我儿子没了。

我当时正在交委开会，这么神经有情怀的短信足以让我这种文艺青年心血来潮，感伤许久，可当时的会议多肃穆啊，只好淡淡地回了一句，交班了就回家睡觉。

晚上哥俩喝起吧。

我没再理他，晚上到家的时候已经十点，还是去敲了敲老方的门，老方家满屋凌乱，酒瓶满地，他红着脸坐在阳台上。他说，我把老三过继给堂哥了，他家四个女儿，过去也好，有人疼。

我此时才明白他说的儿子没了。夜色下有微风，远处的灯光绚烂迷幻。我该说什么呢？找不到词语，只好陪他喝酒。

老方喝着喝着就哭了，我只想成为城里人，成为深圳人，来了就是深圳人，能是吗？没有户口不能申请安居房，退休了待遇也差一大截，永远都是外乡人，永远住着农民房。可我这样是不是很对不起老三，为了自己的幸福，让孩子永远跟这个家有了隔膜，我还是人吗？我配当这个父亲吗？

当初一句玩笑话，把孩子送人喽。如今却成了现实，一下子觉得现实太残酷。他那么努力地考试赚积分，那么努力地开车挣钱，长期与老婆孩子分居，只想为了这个户口，只为了成为城里人。看着满城的夜色，我突然感慨小人物在城里的拼搏到底值不值，连骨肉都分离了，只为心里的那一点点努力。为了梦想，他背井离乡抛妻弃子，而心中的痛，别人是无法理解的，只有自己躲在角落里舔血流泪。

老方似乎并没有那么悲观，我要对那孩子万般的好，一定要在深圳有自己的房子。

帮老方跑完入户手续后，已经到了夏天，台风也来了两次，深圳有些燥热，隔三差五的就是雨水。老方拿到新身份证的时候还是哭了一场，但很快又兴奋起来，拼命地拉活，不管风吹雨打。我叮嘱他注意安全，多休息，不要疲劳驾驶。老方又笑我，你担心我啊，陪我多喝几顿酒就好了。

4

事情总是来得那么突然，老方的副班凌晨过地下桥洞转弯时撞上一名骑电单车的清洁工，清洁工在医院躺了一个多月，老方整个人都憔悴了，几乎日日带着那副班在医院和公司奔波。垫付医药费、谈赔偿，虽然有保险公司，可谁遇到这个事情都是烦恼，老方几乎一个月没赚钱。

老方居然问我，这是不是报应，我把儿子丢了，就让我遇到这事。

我安慰他，你多想了，也不是你发生的交通事故，人也都还在，钱慢慢赚，安心点。

可我总觉得眼皮直跳，不是好事，不是好事。

老方这样的心态着实让我担心，我看着他夹着水壶穿着那身多日未清洗的蓝色工衣的背影离去，总觉得周围的空气凝固了，打结了。

清洁工在入院两个月后病情恶化，医院判定为植质状态，全身瘫痪，也就是植物人。家属拉着白条幅包围了公司整栋楼层，在门口焚香烧纸，几个妇女趴在地上哭得死去活来。一大早上班就看到这一幕，着实让我感到凄切与紧张。还没进电梯，就看到老方蹲在消防楼道口抽烟。老方看我过来，只瞟了一眼，又低下头。老方说，领导叫我过来，没想到事情这么严重，你说不会让我赔钱吧。

我安慰他，没事，事故也要看责任，再说还有保险。

你说我能怎样，副班是我小舅子，出钱也得我来，他才来深圳几个月，愣头青一个，真是心操碎了。

这种事情公司也不是第一次遇到，闹一闹，吵一吵，按法律该怎样就怎样，你都刀口舔过血，什么事不能摆平。

老方被车队长劈头盖脸地训得一言不发。平时他给我的印象是笑嘻嘻的脸，从没有见过他低头不吭声的样子，他那么倔，那么好强，这种揪心的事情却让他俨然换了一个人。只要遇到足够大的挫折，我以为再硬的汉子也有蔫巴的时候。老方也会这样吧？我心里想。

好长一段时间，公司都忙于处理这宗事故，不停地开会、谈判交涉，我也忙得一塌糊涂。事故终于平息，赔付了伤者，老方的小舅子被开除，老方也被罚了三万块。老方就像消失一样，好几日未看到他，他也不去公司转悠。晚上下班经过他家门口，房里也没见亮灯，好几次去敲门，又退了下去。也许他这几日不想见人吧。

5

再次见到老方是周六的下午，我正在家里写东西，老方把门砸得山响。还没见其人，就听到他的喊声，兄弟，出去跑跑啊，这么好的天气。

开门，看到他，剪了头发，穿着运动服，整个人都换了一副模样。我惊讶，太阳从西边出来了？你第二春来了？没事了？活过来了？

多大点事，我要改变自己，想通了，钱他娘的可以挣，人没了才真没了，我要减肥，不做从前的自己，走不走？

我被老方连拖带拉地上了笔架山绿道。跟着他跑了三公里后，实在是无法喘息。老方兴致勃勃地说着他的梦想，明天你就帮我申请安居房，老子要买房，要努力挣钱，遇到天大的事都不能放弃，还要减肥，回到当年神勇。

我给他竖起大拇指，病得不轻，真是打不死的小强，入户买房，钱赚够了没有，精神上支持你。

老方说自己不知道上网如何申请安居房，逼着我填了资料，还要留我的电话。我骂他，你没戏的，别忙活。转头看到老方期待的眼神，只好帮他办了。帮老方在网上申请完安居房后，就等着排队公示，按照他购买社保的年限来看，估计要排到上万号，希望渺茫。老方隔几个星期来问一次，我有没有希望？我骂他，慢慢等，你以为我给你安排房子啊，十二月西乡有一千多套房子，看你有没有戏喽。

老方就等着十二月，天天掰着指头跟我算日子，每次跑车回来就敲我，提出各种疑问，你说要是前面的人不要了，我是不是就可以前进一点；要是他们有人资质不合格，我是不是就又可以前进一点，我想迟早都会轮到我的。我被他问烦了，就开始躲他，故意等到他可能睡觉了才回家。

老方上夜班的时候是我最轻松的，刚好我们倒换工作差，可以不用见面，我居然会这么高兴。但有时候出去应酬免不了麻烦他，晚上喝得醉醺醺的，一个电话给他，老方，在哪？来接我。

你在哪？

我在哪？不知道在哪。

老方听到我分不清东西南北，说话打结就骂我，又喝酒，不要命的家伙，真应该找个婆娘管着你。

我喝醉的时候，老方最是啰唆，有时候微醺，也故意捉弄他。老方说，我在机场呢。

我也喊，你兄弟都不要了，让我死在街上算啦。然后把电话挂了。

老方打过来，直接按掉，再打过来，再按掉。后来老方放空五十多公里路过来接我的时候，我还是感动得哭了。我说，老方，你不心疼钱啊。

你死在街头，我会内疚一辈子，我不来，还不知道你又睡在哪条臭水沟里，手机也摔破了不下五次吧，一年丢两个手机，你说你……

老方这么仗义，我却烦他没完没了地关心他的破房子，心里有时候也感觉对不起他，就给他买烟买酒。老方又是一顿臭骂，你娘的，不娶媳妇了，败家玩意儿。

12月，西乡的安居房老方没有排上队，于是又期待第二年5月福永的安居房，还是没排上；又期待着这年10月观澜的安居房。老方越等越来劲，越等房子的地方就越偏僻，跨一脚就到东莞了。我们都劝老方别等了，攒点钱回家养老得了。老方说一定要等到，我这么好好活着，就是因为有希望，一年等不到就第二年，总会有我的。

老方跑步居然坚持下来了，就像他等房子一样的坚持。一年下来居然瘦了二十斤。我都惊讶老方的毅力，老方说要把牢底坐穿。有时还跟我谈跑步的乐趣。老弟，你知道我跑步的时候想什么吗？想我的房子，孩子，还有老了怎么办？只有一条，身体好，才能看到我想要的东西，不拖累别人。

我笑他，你跑步还跑出真理来了。

跑步的时候心静啊，舒坦啊，人只有受过苦才知道甜的滋味，你们小孩不懂。

6

国庆后，也是房子放号公布名单的日子，老方天天跑夜班，我正琢磨着终于可以不要被这家伙问情况。心里正偷着乐的时候，老方出事了。

接到老方的电话是在凌晨两点。被闹醒后一看是他的号码，顿时火大，准备开口大骂，一听居然是女生。老方出事了，在龙华人民医院。我火急火燎地赶过去，老方还在动手术，问护士，老方怎么了，不会死吧？

护士看了我一眼，离死差不多了，我也不好说，跟人打架了吧，肚子划了一刀，肠子都出来了，不知道他是怎么坚持到医院的。

操，他怎么可能跟人干仗。我没听错吧，看来也问不出什么东西。只好在外面等。等了两个小时，护士见我坐立不安，过来交代，别转了，赶紧回家准备东西，要住院，什么日用品啊，还得安排一个人守着。

老方的手术整整弄了四个多小时，从凌晨到天亮，我都怀疑医生在他肚皮上绣花，还好老方脱离了生命危险。看到老方的时候，他正麻醉着，脸上贴着纱布，看来也被划了。那时我就想，老方啊老方，你可千万别走，兄弟还想听你讲怎么把自己弄残的呢。

老方醒来后，看了我一眼，又眯着眼睛不说话。医院的气氛沉重，重症监护室的药水味也重，我看着他，还是忍不住想活跃下气氛，你活着啊，天亮了，该出工了。

老方摸着抓住我的手，用力地按了按，泪水在眼眶处打转没流出来。这一按，我能体会他当时的心情。或许，他觉得又麻烦我了，就如当初他考技能证书，当初陪他孩子过暑假，当初帮他办户口一样，一口一个麻烦你了，真是麻烦你了。

住院两日后，老方从重症监护室转到普通病房，他就开始神经了，闹着要出院，一天三四百地车份儿钱啊，想想都心疼，让我出去吧。

我说，命都快没了，还闹什么，好好养着，有这心思就给我说说你怎么受伤的。

老方死都不肯说，背呗，跟人干了一仗。

看着他有气无力的样子，我实在是不忍心他多说一个字，只好捂住他嘴巴，睡吧，放下心，好好睡，不问你了。

老方住了两个星期院，在他死皮赖脸的要求下，医院终于同意他出院了。

那日我早早地去接他，刚进屋，看到病房满是人，公司领导带着鲜花过来，围着一群人。我也才明白老方因为什么受伤。鲜花和"见义勇为"的锦旗让老方笑得有些羞涩。老方说，只不过遇到抢劫而已，谁都会去救那女孩的，没什么的，没什么的，谢谢领导关心。

我在一旁笑，心里直说，这家伙谦虚什么，有种你再冠冕堂皇点，再给你两刀试一试？让你再抱着自己的肠子往医院跑一次，整不死你，以为自己九条命啊。

公司领导当场宣布，给他免除这两个星期的车份儿钱，奖励五千元。

而此时，我也收到短信：方书章，恭喜您获得观澜福安雅园安居房的选房资格，请您携带身份证前来……

后来老方因为见义勇为被各大媒体报道，被市政府评为全市道德模范，也搬进了新房，把老婆孩子从河南老家接到深圳。我也没法天天见到他。

老方给我电话，兄弟，来看看哥啊，番薯叶冬天还是这么旺盛，丫的炒了下酒吧。

我笑他，我现在只能在报纸和电视上看到你，你出名了，还记得我啊？

老方叹息，名声都是虚的，生活才是自己的，现在生意不好做，打车软件搞得我入不敷出，天天被老婆追着收钱啊。

来自星星的我弟弟和他孤独的家

枕 梦

1

我的弟弟大概是有孤独症，他是来自星星的孩子。

大年初二，他随着一场大雪飘来，水晶做的眼睛，鼻子就像迷你的雪山峰。兀自眨几下眼，扑闪的睫毛就会抖落雪花。

姑妈顺产，一家人去医院看望的时候，发现母子脸色红润健康，比生我的时候省心多了。

奶奶三天两头带着自己做好的补品，往医院跑。——母亲对此，颇有醋意，她回忆说自己坐月子的时候，奶奶特意让爸爸闪避，深夜再把门一插，被哭闹的我搅得手足无措之时，没有人管，没有人问。

总之，一开始，似乎一切都没什么差错，顺利得让人嫉妒。

2

弟弟一天天成长。长相越发精神漂亮，但性格也越发顽劣。比方说他从来不会认真地听你在说什么，总是可爱又调皮地侧着脑袋，然而从不正视你的眼睛。他走在哪里，哪里就鸡飞狗跳，养在阳台的小鸡被他抠去了眼睛，他见到小狗就不停地抓啊打；总是不停地把各种锅碗瓢盆摆在地上，旋转它们，或者不停地玩弄圆形门把手。因此，每当他来到奶奶爷爷家里，爷爷就烦得要命，有一次还因为他爬窗户，打了他。而他一生气，就嗷嗷地叫着跑进厕所，把头伸在马桶里来抗议。然后开始哭，他似乎完全不晓得自己错在哪里。

他也会笑，他明白什么是爱抚、亲吻和关注，他喜欢被拎起来"打滴流"，在空中急速地旋转，好像飞起来一样，咯咯咯，咯咯咯，笑声就像冰晶砸在地面上。

好动的弟弟讨不到爷爷奶奶的欢心，更别说姑父姑妈偶尔回门，还总当着老两口吵架，有一次我真切地听到了原因，他们觉得爷爷奶奶偏向，他们觉得爷爷奶奶把好的都给我了，包括保姆。在他们眼中，弟弟虽然是个外孙，但毕竟是个男孩子——更何况农村来的姑爷也算个上门女婿。总之，哪有只疼孙女，不疼孙子的道理？

所以每次艳艳姑姑再带我到姑妈家玩，看到他们只围着弟弟转的时候，我都会负气地坐在一边，想起云峰姑姑的那句"谁让我们是外孙呢？"——她是姑父的亲妹妹，我弟弟的亲姑姑，也帮忙照看过我，我记起她帮我刷牙的时候，恶狠狠地捅我的腮。心里更是一阵恶寒。

弟弟就一直这样，六岁前什么都不会说。六岁的时候，终于嘟囔着模仿地叫出"爸爸、妈妈"——简直成了街坊四邻的爆炸性新闻。但他和我们的沟通也止步于此——几句称呼和几句问候，总之每个句子不超过五个字。

姑妈自我安慰说"聪明的孩子说话晚"，我们也都安慰姑妈说，历史上的天才都这样，比如爱因斯坦，比如爱迪生。

弟弟被幼儿园劝退了，他总是被告状欺负别人家的孩子，每次被熊的时候，又只是委屈地哭，然后蹦出一些听不懂的、仿佛另外一个星球的语言。再开始自顾自傻笑。

3

终于，大家开始对此产生疑惑，毕竟该上学的年纪了，除了能速记一些字母表里的词汇、字母，他不具备丝毫的沟通能力。

我告诉奶奶自己在《家庭医生》上看到的"孤独症"症状，和弟弟几乎完全相符，奶奶陷入沉思——中医院和奶奶交好的王大夫，说这可能是多动症，我疑惑地点头，我不认同这个诊断，但觉得这至少是个好的开始。

就这样，奶奶终于说服姑妈，一起带着弟弟去了我们那里的精神病院。然后没多久就回来了，弟弟大哭，姑妈和奶奶的脸色都是绛紫色，嘴唇发青。我小心地问姑妈是不是医生那边情况不好。

姑妈边用手比画，边愤怒地说："他们用那么粗的针管，那么长的针硬生生地扎进孩子太阳穴——孩子不就毁了吗？"

奶奶听完叹口气，摆摆手，说："这样的事儿我以后再也不管了。"

但没多久，他们还是爆发了第二次冲突，在全家人旅行归来的火车上，睡着的我被摔砸东西的声音吵醒，然后第一次看到坚强的奶奶红了眼睛，一句话也不说，只是不住地摇头。然后姑妈指着奶奶的脸说："以后我们的事儿你不要管，我和鹏鹏绝对不会再进家门。"全火车的人都往这边看，奶奶只是时不时地摇头，偶尔抹抹眼泪，看向窗外，然后对我说"没事儿，乖"。

4

姑妈后来越来越迷信，吹牛的本事也越来越大，她认识了一个活神仙，神奇之处，是在见到姑妈本人之后，旋即对她说：你的胸口有三颗痣。她就此被唬住了。

紧接着，姑妈请活神仙给全家都算了卦，说自己一家人都是天王转世，肯定能当大官，并受到鼓舞拿着现金去省里送礼，但是没了下文。

慢慢地，活神仙成了弟弟的周爷爷，成了姑妈的干爹，姑妈过年不再回门儿，只带弟弟去周爷爷那里过，周爷爷的房子，是姑父单位分到的房子，而姑妈一家则住到了周爷爷儿子的房子里。

姑父姑妈上班，周爷爷就带着弟弟在市里兜兜转转。周爷爷似乎给姑妈指了一条活路，说："这样的孩子，都是上辈子积了德修来的，今生这样也是为了早点回归佛的身边，等大一点的时候，就把他送到寺庙里修行吧。"

5

可是直到活神仙去世，弟弟也没有到寺庙里——"进寺里哪有那么容易的，总要帮着做点事情的，砍柴烧水什么的。"姑妈看看旁边自顾自手舞足蹈的弟弟。

周爷爷一死，姑妈彻底不去上班了，她全部的时间都给了弟弟，她早已经被公司辞退了，90年代前半段，因为好酒量和强硬的手腕儿，她一年十几万保单入账，当时的她被提拔成了部门经理，也入了党，风光无限。没人想到她会因为孩子落魄到这种地步。

她和姑父先前就离了婚，对于姑妈坚决离婚的原因，母亲断定是因为她和老周有了一腿——但我只想起来这样一件事儿：

姑父农村的父母很少来城里，每次来都拖家带口，弟弟的亲奶奶跟我们悄悄说："怎么办啊，这孩子，这样的孩子，在村里我们都放到山里……"她忽然顿住，不敢再说话，我回头看到姑妈的眼神冷冷扫过来。

村里面这样的孩子，被丢弃的，被杀死的不计其数。

我想她只是想保住自己的孩子，因而厌恶一切可能危害到他的人。

6

2010年左右，姑妈又回家了，她要借钱办手工场，她带来一堆手工编织的珍珠项链，珍珠一点也不圆润，而做工也不甚精细——姑妈说靠这个发了财，现在要扩大规模，需要投资，给员工办食堂。她让我们看她的皮肤是不是又白细了，而我只看到她的牙很黄，掉了几颗，剩下的那些也稀稀拉拉。

她说她赚了钱，要去买车，还要特地去省会买，因为那里才能买到进口的好车——什么牌子的车，在我妈的追问下她露了怯。而我心里真的要炸了，姑妈是个可怜人啊，放过她吧。

奶奶尴尬地打圆场，而我因为声音已经有了哭腔，只能狠狠咬住嘴，逃到阳台上，弟弟安静地坐在爷爷的老书桌上，阳光倾泻到他身上，他对我不住地傻笑，喃喃道，"大表姐大表姐……"

然后再回过头自顾自呓语，我听见他说："骗人的，假的，骗人的假的，咯咯咯，咯咯咯。没人要。"我的眼泪一下子止不住了，我脑海里都是姑妈带着他走街串巷奔波的场景——很想一下子去抱住他，但还是忍住了，我不想闹出什么动静被看到。稳定了情绪以后我回到客厅。

客厅的姑妈还在推销自己的项链，我答应要帮她开网店，可是这事儿又没了下文。作为姐姐的我，再一次什么忙都没有帮上。

前年除夕，因为营养不良和严重的呕吐，姑妈住院了，她头发掉了很多，脸色菜黄，牙齿变得更稀松——年近七十岁的奶奶不停地在医院和住处奔走，这一次她们应该真的和好了。

出院后的姑妈开始在熟人家的澡堂里看管财物，虽说比不得过去，但生活好歹有些着落。弟弟偶尔寄养在他的叔伯那里。周末也会见到爸爸。

每年春节，妈妈见了奶奶总要问姑妈回来了吗，好一些了吗。终于，这句话不再是揭奶奶心头的伤疤了，奶奶开始泛着些微的笑意说，最近还好。

7

在我上初中大概十四岁的时候，突然扭伤了膝盖，向来喜欢出洋相的我被很多人认为是假装瘸了腿，我很喜欢的一个男生认真地对我说，我可以帮你治好腿，然后他踩了我的脚，和他预想的不一样，我没有因为疼痛跳起来。

回到奶奶家，姑妈带着六岁的、个子已经很高的弟弟来串门——听闻我的腿受伤，姑妈便对弟弟说，去亲亲大表姐。

她说亲亲姐姐的额头，弟弟就亲亲我的额头，她说亲亲姐姐的眼睛，弟弟就亲亲我的眼睛——他的嘴唇很薄很轻，像花瓣，眼角带着温柔的笑意。

最后他跪在地上，俯下头，亲了亲我受伤的膝盖。

我露出笑容，藏起了眼泪。

我自此坚信，我的弟弟是个天使，是来自另外一颗星星的孩子。

认清回家的路

——汽车城的女人们

尹宏灯

阿玲疯了

阿玲疯了。

这是从朋友阿仁口里得知的。那天去阿仁家玩，他拉我下馆子。聊着聊着，就谈起了她。这个消息听起来多少有些吃惊。一个好好的人，咋说疯就疯了。转念想想，就说现在的一些明星吧，说跳楼就跳楼了，说抑郁就抑郁了，这似乎又不足为怪了。但一想到她，仍觉得惋惜。

阿玲是个好女孩。我一直这样认为。我们曾经在同一家车行共事两年。记得当时刚招进来的时候，她显得文静，不大爱说话，对人总是一副可爱的笑脸，那抿嘴一笑，格外招人喜欢。那时我已在那家车行上了一年多的班，算是老员工。她是阿仁招进来的。而我和阿仁是老乡，平日里走得比较近。因此，对这个丫头，自然而然就熟了。

阿玲是四川人，川妹子做事麻利、干脆，红红火火，有着一股子辣劲。这用在阿玲身上一点都不假。尽管表面文静，但她做事非常认真、干练。先是在阿仁的部门负责销售精品。虽

144

然精品品种不算多，也就是在顾客休息室摆了方向盘套、防盗锁、香水之类为数不多的一些品种。但这丫头业绩做得还不错。后来，被调到保险组，做了一名续保专员。续保就是对车辆保险即将到期的车主进行保险推销，而这种销售主要是通过电话完成的。阿玲做续保似乎如鱼得水，由于她的音质甜美，在电话里听着具有相当的亲和力和"杀伤力"，确实让不少车主心甘情愿地上门来买她的保险。阿玲的业绩自然骄人。那是在2005年，她一个月已经拿到了四千多块。对于当时我们出来混了好几年的人来说，这都是一个相当诱人的数字。

不久，她便把她的男友阿峰也介绍到服务站做前台服务顾问，也就是接车员。阿峰是东北人，但阿峰家里条件不大好，父亲已经去世，家里只有一个母亲。或许就是这种家庭背景吧，说话不大声，显得没什么脾气，对人说话，也总是一脸的笑。后来听阿玲说，阿峰很听话。当时谈恋爱的时候就约法三章，关键的一条是只谈恋爱，只许牵手，肌肤之亲要她同意才行。这话听起来有些滑稽，但阿玲说，她和他谈了三年，还真没睡在一块。直到现在同一公司上班，两人才在外面租了个房子。

或许是那时我们都在外边租房子，我和他们熟悉起来，有时，还会到他们的小窝吃饭、喝酒。他们不久就回老家拿了结婚证。我那时候还狠狠地祝福他们。阿峰脸上则显得格外有成就感。一年后，我被调到另外一家分店上班，和他们基本上就没什么联系了。

阿仁告诉我，阿玲他们大概是前年年底在东莞买了房。当然是按揭。阿仁说，实际上，他们那种条件，买房就意味着做房奴。小两口的工资加起来也就是六七千的样子，一旦生活有什么风吹草动，他们的经济基础就会崩溃。而实际上就是如此。在2008年下半年，受世界金融危机的影响，车行的生意也受到了很大的冲击。当时车行是卖一台车赔一台车，而维修的客户则是能把保养周期推迟就推迟，能不换件的就不换件，能不修的就不修。在这种背景下，他们的收入自然有所下滑。

阿玲也是在那时候开始变得烦躁起来。阿仁说，她开始上夜校，努力学习陈安之的成功学，似乎想一夜成功，一夜暴富。他们被生活压得太重了。不知怎的，阿玲竟然还放弃了工作，去北京追随陈安之。说这话时，阿仁把眉头皱得很深。再后来，听说她疯了。也没有回来。

我说，阿峰现在怎么办呢？

能怎么办？这个婚姻已经瓦解，他现在落得个人财两空。不知道房子还有没有在按揭。阿仁回答。

我和阿仁走出门，东莞今年的冬天比往年来得早些。说这话时，我忽然觉得不远处的高楼和屋外的风一样寒冷。

甜甜去哪儿了

到现在为止，我其实和甜甜一点都不熟。除了工作上扯得上一点关系，对她本人确实一无所知，但我还是想写写她。当然，还是因为关于她的一些事触动了我。

甜甜曾经是服务部的文员，每天的工作是负责统计当天服务部的维修车辆入厂台数和收入情况。由于工作关系，她每天都会发一份售后的生产日报表给我。因此，我每天与她的交往就是邮箱。甜甜是湖南人，属于文静内敛型的那种女孩。平日我见她，她也很少说话。但我对她的工作还是比较满意的。因为她的日报表一日也没落下过。就冲这一点，我一直认为这个女孩子不错，至少在工作上属于认真负责的那种，让人放心。

　　然而就是这样一个女孩，竟然也发生了一些出格的事情来。当然，我理解的出格或许在旁人看来并非出格。最早听说她提出离职是去年年底，说家里有份好工作等着她。可是"只打雷，不见下雨"，过了一阵子，又说不辞了。硬是逼得服务部不得不把刚招来顶班的女孩给辞了。没过多久，又听说要辞工了，还是说要回家。但这一次好像又没辞成。不是公司留她，还是她自己要留下来。反反复复几次，我对她的辞工也习惯了。每次在食堂吃饭，遇见她，我还时不时和她开玩笑：又为什么要辞工啊？

　　令我大跌眼镜的是最近一个月的事了。那天忽然听说她走了。这一次是真的。人去桌空，服务部经理忙着要行政部招人。自然，我也收不到她每天发的生产日报了。

　　接下来就真真实实听到关于她的一些事情来。

　　公司没有宿舍楼，都是在外租的房子。零零散散地分布在公司周边。她住某栋出租房二楼，起先和三楼的一个小伙子谈恋爱，没多久就睡在一张床上了。不知怎的，她和那小伙子吹了，和同幢楼的另一个小伙子搭上了。这可不得了，前任男友四处找她。有一次，竟然把她关在房间绑了起来。具体的细节当然无从得知。当听到这些只有在报纸上看到或是在电视里听到的故事，竟然发生在我的身边，这着实让人震撼。

　　后来，甜甜开始躲。而小伙子穷追不舍，天天守着她下班，骚扰她。实在没法了，或许是怕真出什么大事，她终于决定走了。她一走，扔下两个小伙子和公司的一个空缺。

　　前任的小伙子还不死心，还经常问和她同房间的阿姨（公司的清洁工），甜甜去哪了？甜甜去哪了？让人想起祥林嫂。

再补充一下，这故事主人公都是二十岁出头。在我眼里，他们都还是不成熟的孩子。而我，就是被这帮孩子搞得开始不敢相信自己的眼睛。

小静：你真的要我吗

小静曾是我的部下。她是我亲自招的。招她进来的时候，她那时候在前一家单位还没辞工，我说，过来上班吧。她反问，真的要我吗？不要到时候我那边辞了，这边又不要我了。

小静是广东客家人。做事风格秉承了客家人勤恳耐劳的特点。再加上那股机灵劲，很快工作就上手了。那时候主要是负责售后的一些质量索赔工作。厂家把关相对比较严，毕竟每索赔一件东西，都是厂家全额买单。因此，每一单必须拍照，重点关注车牌号、行驶里程以及必要的故障件图片。而她做起来，很细心，省了我不少事。我露手的都是些大案子，也就是相对比较难操作的，或者需要和厂家发技术分析报告的。而她经常在这时候，挺会卖乖地在我耳边说，灯哥，走了这么多地方，就在你面前学的东西多。呵呵，瞧这嘴巴甜的。

由于索赔量大，索赔旧件自然就多。而每天必须写好标签，在旧件上一个个挂好。一个月下来，旧件堆得像一座小山似的。每每这时，小静就说，看到一堆的索赔单，然后再看看这些旧件，就会有种成就感。

呵呵，成就感。可我烦了。我对着这些旧件已经整整三年。于是某天，我填了份辞职单。这丫头也来劲了，似乎我的离职，怕她的工作压力增大，撑不住，也跟着写辞职单。我辞职是真的，她当然没有辞成。

自从离开公司后，她就经常在QQ上找我聊天。除了说一些工作方面的烦恼，开始和我讨论她的情感问题。似乎在我面前，她找到心灵倾诉的地方。她告诉我，从我那里才能得到一些有启发性的答案。和别人讲，别人也听不懂。她谈了对未来的困惑。她告诉我，她谈了男朋友，是她家乡人。比她还小一岁。双方父母都知道了。男朋友很爱她，但她总觉得他还不够上进，但男朋友太年轻，在工厂当普工，虽然他也很努力。她又说，他们同居了，而她也年纪不小了。在她看来，这个男朋友就是块鸡肋。

我告诉她，不要给男人太大压力。何况她的男朋友还很年轻，未来的路很长，如果你们真心相爱，就要携手好好走下去。只要他有上进心，事业、金钱都可以慢慢来。

或许是受了我的启发，这丫头下定决心，跟定了这个男朋友了。之后，她男朋友经人介绍，在车行当配件管理员，而她，也开始尝试着新的工作岗位发展。在我印象里，她在近一年内换了三四份工作。或许是由于工作频繁变动，和我聊天的次数也越来越少。

又有很长一段时间没和她联系了。这一天，我偶尔进入了她的QQ空间。她最近的一篇日志让我了解到她目前的状况。这是今年10月26日她写的一篇日志《天黑前，一定要回家！》：

昨晚7点钟，天色已经全黑了，我在万江总站附近的大马路上，心里很急着要回家。可是却不知走哪条路。那些大巴车，公交车，私家车，在我眼前飞过，我分不清回寮步的方向，心里很着急。可能太久、太久，没有试过一个人夜晚在外面了。当时的心情，只有一个字"怕"。很疑惑，自己什么时候变得这么胆小？

　　自称"路仙"的他，以前一直有他陪伴，无论是去哪里，都不用我担心找不到回家的路，因为他会很自信，很镇定把我带回家。以前总是笑他太疯狂，突然他不在，我却感觉到这么的无所适从。下次真的不敢一个人在外面了。天黑之前，我一定要回家！除非有他在身边。

　　是的，天黑之前，一定要认清回家的路。对她自己说，也对所有的朋友说吧。

阿　果

　　都说车行的女孩越来越不漂亮了，别看车行个个穿得笔挺笔挺的职业装，但因为车行是销售服务行业，随着消费者的要求越来越高，无论是做销售还是做服务，不仅要专业技能，又得有服务水平，还得扛得住压力，吃得苦，加班加点是常事。于是有朋友开玩笑说，曾经令人羡慕的车行现在也只有在车展的时候才能看得见美女了。

　　阿果则是个例外。那时候公司要成立车友会，这个项目就交给我负责。我开始招兵买马。初次见到阿果，着实吃了一惊。当然不是别的，是美的。阿果真的算得上美人坯子，瓜子脸蛋，肤色好，更迷人的是有一米六五的身高，体形显得修长而丰韵。我没听完她的自我介绍，就只问她，吃不吃得苦呀，工作压力很大的哦。她很肯定地点了点头，说她家就是山里人，从小就是吃苦过来的。于是我就点头让她进来了。

阿果的工作就是负责车友会的相关日常工作，比如发展会员啊，入会办卡啊，会员升级啊，会员年审代办啊，等等。而且，每月也会给她下要发展多少会员（会员是需要交年费的）的任务指标。凭着一副好脸蛋（当然这只是我的直觉），阿果应付这些事情并不难，工作起来得心应手。记得有一个月发展了一百多名会员呢。

车友会日渐人气旺盛，会员发展了两千多名了。我们在暑假，组织了一次车友自驾游活动。我是领队，阿果当我的助手。她是广西人，记得她一路咿咿呀呀地对着对讲机唱了好多广西的山歌，给自驾游行程增添不少乐趣。晚会上，我们包场地，与车主们互动搞活动。她当起了主持人，把晚会搞得有声有色，相当有气氛。

可就是在这次自驾游一个月后的一天，阿果突然跑来对我说：经理，我要辞职了。我说为什么呀，不是干得好好的吗？她说要回家结婚。我说不会吧，上次吃饭的时候还听你说，不是不想嫁回老家吗？她悄悄地对我说，经理，看你平时对我那么好，也不瞒你了，男朋友不让我上班了。我说什么时候交了男朋友啊？我咋不知道。

嘿嘿，你不知道的事还多着呢。她诡笑着回答。你还记得上次一起搞自驾游的车主Z先生吗？我愣了一下，忽然想起来了，我记得那个车主是开皇冠的，晚会上他硬拉着阿果唱了一首粤语歌。感觉那个Z先生有三十多岁的样子。

阿果告诉我，也就是那一次自驾游，把她的生活彻底打乱了。她说她被Z先生"盯"上了。他天天发短信约她出去吃饭，她拒绝了好几次。一次实在不行，她拉上了另一位女同事一同赴宴。这倒好，有了第一次，就有第二次。前两次还拉上女伴，到后来就自己一个人去了。

我问阿果，你了解他吗？我看他也有三十好几了，他有没有结婚？他会不会骗你啊？

阿果说，不会的。我相信我的眼光。

见她如此坚定，我欲言又止，只好微笑着点点头。好吧，祝你好运，阿果。

之后的几个月，我没有她的消息。有一天，我在QQ上碰到她，她告诉我，想上班了！我说玩得累了哈？她说是啊，不上班好无聊哟，天天闷在家里。我试着问她，你们拿结婚证了吗？

她说不急。谢谢你的关心。发了个笑脸过来就下线了。

最近的一次是半年之后，我看见她的QQ个性签名有了变化："快乐渐渐离我远去，我真的很怀念那个蹦蹦跳跳的我，很想将快乐进行到底，唉！"

她的生活究竟发生了什么？我不敢、也不愿往坏处想，只能在心里默默地祝福这位活泼、漂亮的山里妹子幸福、快乐！！

杨　姐

一想起杨姐，仍显得亲切。她是公司的会计，长我五岁，巧的是我们同一天生日，和我又是老乡。由于这层关系，我们走得比较近，一直都以姐弟相称。那时候，公司没有宿舍楼，就在附近的村子里租了一栋房子作为宿舍。我住四楼，杨姐她们一帮女同事住三楼。

当时车行的规模不大，经营的品牌车辆保有量很少，因此，生意和效益都不理想，自然，工作节奏也不紧张。大家下班后不是出去瞎逛就是待在宿舍打麻将，生活单调无聊。而我，则喜欢跑到楼下和杨姐聊天、看电视。认识杨姐的时候，她已经在东莞闯荡多年。我一直纳闷她为何孤身一人，没有对象。她笑着说，年轻的时候挑花眼了呗。那年她二十八岁，按老家人的看法，已到了岁月不饶人的年纪。

不久，公司想提升销售业绩，从外招来一个叫阿蓝的销售经理。阿蓝是四川人，长得精精瘦瘦的，看上去三十多岁（后来才知道和杨姐是同年），能说会道，一说起来就没完没了。起初，我对他印象并不好，觉得此人油腔滑调，鬼精鬼精的，不好交往。但由于我负责服务，他负责销售，存在着相对密切的工作关系，我们很快还是熟悉起来。

阿蓝说他读了个初中就出来混了。开始跑过保险，后来一次偶然的机会，才走上车行这条道。阿蓝卖车有一手，凭着他的嘴皮子，再加上他的一些江湖习气，倒是在这个行业里吃得开。阿蓝喜欢下班后拉我去沐足阁洗脚，或者出去喝酒吃饭；我呢，反正觉得无聊，往往都不会拒绝。忽然有一天，阿蓝对我说，年轻的时候玩累了，现在想好好找个女孩成个家了。我笑他，什么时候想要从良了？他说，我可是认真的。

我这才意识到阿蓝如此和我套近乎，原来是看上了杨姐。他开始频频约我和杨姐出去吃饭，K歌；甚至半夜开车去了趟虎门的海边听海。一次，杨姐偷偷对我说，阿蓝这家伙每天半夜都打她电话，缠着她，她真受不了，总觉得此人不可靠。但自己年纪也大了，也确实想找个对象成个家了。她还了解到，阿蓝手头也没存几个钱，倒是他的几个兄弟在东莞混得不错，都买车买楼了。

杨姐陷入了矛盾之中。可不久，我就看到他们如干柴和烈火般走在了一起。那天我一个人在公司门口闲逛，老远老远就看到他们两个手拉着手迎面朝我走来。我心里一震，悄悄地闪在一边，没有搭理他们。

几个月后，销售部在阿蓝的带领下，却并未创造出什么奇迹。公司的业绩实在撑不下去了，股东之间开始产生矛盾。我们几个部门经理不得不作鸟兽散。而杨姐也辞职到了另一家公司。

由于和杨姐一直保持着电话联系，我还是能从杨姐那得到一些关于他俩的消息。杨姐说，她见过阿蓝的父母和姐姐了，大家关系相处得很好。后来又听她说，准备结婚了。但之后忽然有一天，杨姐电话那头带着哭腔地跟我讲：阿蓝跑了，消失了！阿蓝对她说没混出个人样来，就不结婚。他还向她借了五千块钱。杨姐哽咽着说，看来他们这段感情算是玩完了。

我一直小心谨慎地劝解杨姐，心里头一直在骂阿蓝，当时追杨姐时说得天好地好的，现在却不负责地跑了。我试着打听阿蓝的消息，却一直没有下文。而没多久，杨姐也不知什么原因，手机停机了，和她的联系也就断了。本想，这两个人或许在我的生活中从此消失了。

几年后，也就是去年11月份的一天，我接到了一个陌生电话。听得出来，是阿蓝的声音，那油腔滑调的味道依旧没变。他说，好想你啊，灯兄，听说你在C车行，想到你公司来坐坐。我说行啊，过来吧。

到周日，他就开着一辆海马过来了。他还是和几年前一样那么瘦，头发打理得溜光溜光的。他告诉我，他现在在做润滑油的业务，想从我这打开一点机油的销路。我说我好久不做服务了，现在在公司打打杂而已。后来，我们又聊起杨姐。他告诉我，杨姐现在在南城某家车行做会计，结了婚，都生了小孩了。我问，你呢？阿蓝笑着说，呵呵，找了个八五年的，也是你们江西的。我晕，你可是七六年的，比你小很多哈，老牛吃嫩草！

他笑了，老子那时候在Z车行做销售经理，她做行政，刚大学毕业。就这样把她搞掂了，呵呵。我说，有小孩了吗？他说还早，事业要紧。我笑了，在东莞买房了吧？

他说快了。日子一切都好起来了。说话的时候，春风得意的表情一直写在他脸上。本来还想问，那五千块钱还给杨姐了吗？我没好意思开口。怕我这不恰当的话，影响当时谈话的气氛。整个一下午，我就陪着听他吹这几年的经历和故事。而我心里却一个劲地在想，杨姐现在过得好吗？过得好吗？

阿　婵

我认识阿婵的时候，她就是X公司的销售经理，湛江人。皮肤一般，脸上的痘痘再加上零散分布的几根白发，有些显老。其实，我们是同龄人，这是后来才知道的。

阿婵做事干练，泼辣，有些得理不饶人。我亲眼见过一次，她部门的一个文员不知犯了什么事，小女孩被她骂得"呜呜"直哭。尽管如此，阿婵对我还是比较热情。我心里明白，我是做售后的，她有大把事得麻烦我。因此，她对我客气，我也觉得理所应当。有些时候，她还喜欢拉着我们一帮人到附近的小档口去吃烧烤、喝啤酒。

都说车行的人每天都要和形形色色的人打交道，按理来说，找个对象不成什么问题。然而谈到社交圈，却不是那么回事。其实，车行的人社交面比坐在写字楼里的白领好不了多少。每天进进出出、碰头碰面的，也就是周围几个同事。那时候，虽然我和阿婵有着密切的工作来往，可我们都没有那种想法。用现在时髦的一句话来说就是"没感觉"，我想她也是如此吧。

不久，销售部招兵买马，来了一批新人。阿婵的意中人也就是这时候出现了！他叫阿健，湖南人，年龄比阿婵小一岁。人长得倒是玉树临风，不仅有个好个头，而且相貌也很标致。然而大家对他并不看好，主要是看不惯那股少爷似的痞气，工作起来也是散散懒懒的，让人老感觉不踏实。更可气的是，没来多久，这家伙开着公司的车就碰了两次。弄得老板恶狠狠地问他：阿健，你到底会不会开车啊？

作为他的顶头上司，阿婵却看上他了。我真不知道他们什么时候好上的。具体的细节无从得知。只记得阿健不知什么原因离开公司后，阿婵也开始从公司搬出外宿了。对人说起话来，笑总是挂在脸上。我们碰面时，她说得最多的一句话：呵呵，我都快成别人老婆了！别再拿我开玩笑了哈！

没多久，就听说阿婵在东莞买房了，银子是阿婵出的。做了几年销售经理，阿婵还是攒了些钱。之后又从她口里得知，他们各自双方的父母家里都去过了。很快，就传来他们结婚的消息。

那时，我已被调到集团的另一个分店，听到这消息多少有些吃惊，真是闪婚啊。我和周边的同事都对这桩婚事并不看好。更有同事笑说，找阿健那小子，还不如找他呢。我笑着说，你哪有那命。人家一结婚就搞掂房子了，养个小白脸咋了？

一年后，我离开了X公司。关于阿婵的消息就此冻结。最近，我无意中从一朋友那得知阿婵的近况。情况比我想得糟。阿婵婚后两年，她和阿健的关系算是融洽，阿婵还生下一子。可就是阿婵坐月子的时候，事情发生了变化。阿健和一东莞本地妹好上了。那个本地妹刚离婚不久，据说他们是在酒吧认识的。本地妹承诺给阿健一笔钱，让阿健和阿婵离婚。刚开始阿婵又哭又闹，最后一狠心，还是把婚给离了！而阿健，也没和那本地妹好成，听说拿着那笔钱就跑了。具体跑哪了，没人说得清。

现在，阿婵把小孩放回了娘家，又回到了X公司，继续做她的销售经理。只不过，她现在已经是一个单身母亲，也苍老了许多。听到这消息，我的内心瞬间沉重起来。而朋友补充说，不过，阿婵现在还是和从前一样，做起事来依旧雷厉风行，一点也看不出受过伤的样子！

我说，她受的是内伤。不是你我用肉眼能看到的。

小　丽

小丽是江苏人。有些胖，皮肤挺白。个头有一米六几，胖胖的脸蛋总是红扑扑的。说实在的，她不是那种让你一看上去就会产生特别印象的人。在我眼里，她真的很普通。然而，在我脑海中晃过这帮汽车城的丫头中，我又不得不提起她。

她是X公司市场部的助理，刚进公司的时候，看上去还有些腼腆。她的日常工作，就是协助市场部做一些事务，比如，地方媒体关系的日常维系，组织公司的文娱活动等。或许是因为工作性质的关系，在我印象中，这丫头大概在公司待了个把月就完全变了个人，变得很活跃，嘴巴也挺甜，见人总是一脸的笑。尤其是和公司上层领导，关系处得特别好。一有什么要应酬之类的饭局，公司领导们经常把她带上。在同事的眼里，她算是领导身边的红人。再加上公司刘副总的爱人也是江苏的，而那时候刘副总的第二个娃刚刚出生，她经常带些小礼品上他家和他爱人拉家常。

可不知什么时候，或许是日久生情，这丫头竟和刘副总"暧昧"上了。事情曝光得很简单，有一次，小丽的室友在饭堂和小丽聊天，一不小心说漏了嘴，昨天你和刘副总又去哪逍遥了？夜不归宿咯。尽管声音不大，但"说者无意，听者有心"。这话硬是被人传开了。尽管这股风刮得不是特别猛，但大家已经心知肚明了，只是碍于刘副总的那张黑脸，也没人再继续议论开。

都说这个世界变化太快。没多久，小丽竟然主动搭讪服务部前台的小孟，时不时地找借口让小孟帮这帮那。小孟是广西人，刚刚被刘副总提升为前台主管，而且是公司从南宁某学院直招进来培养起来的本科生，可谓"苗根正旺"。俗语说得好：女追男，隔层纸。小孟很快就接受了小丽主动的投怀入抱，一本正经地和小丽谈起了恋爱。中午的时候，能见到他们坐在一起吃饭；下班后，经常能见到他们形影双双地走出公司，去享受他们的二人世界。

见到小丽和小孟的牵手，大家尽管内心觉得小孟这人有些窝囊，但以为他们既然走在了一起，也该是个较为完美的收场了。然而风波并未就此消散。一天深夜两点多钟，小孟从外面醉醺醺地赶了回来，不知什么原因，这家伙和值勤保安较上劲了，先是用脚踹铁门，然后又是摔啤酒瓶，在公司门前大吼大叫，而后又哭了起来，大声喊着小丽的名字，我爱你！我爱你！

第二天，针对这场闹剧，公司并没有做任何反应，好像这件事情根本就没有发生过。正当大家还蒙在鼓里时，小孟的死党、也是同他一起从学校招进来的小柳悄悄道出了事件的实情：那天夜里，小丽和刘副总待在一起。当小孟得知后，他的"醋坛子"被狠狠打翻了，因此在公司大门口上演了失态的那一幕。

在那段日子，刘副总的脸色比往常显得更黑。而他爱人似乎也觉察出了什么，每天到点就打电话催他回家。他也一改以往的习惯，不再给部门人员开夕会，早早地就开着车往回赶。小丽仍然像往常一样上班、下班，但是脸上的笑容一下子消失了。听她同在一起办公的同事讲，她上班就整天聊泡泡，依然时不时往刘副总办公室里跑。

这种局面没持续多久，就传来小丽要辞职回家的消息。小丽走的时候，没有见到小孟，也没有见到刘副总。公司专门派司机开车将她送到了火车站，尽管对于从公司离职的人来说，这是罕见的待遇，但大家都显得平静。

小丽走后，小孟没多久就和财务收银的小霞好上了。而刘副总又开始抓着部门的人开夕会，一开就开到晚上八九点。这时候，大家又怀念起小丽在公司的那些日子来。

孤独的52赫兹鲸

蒋雅安

1992年，美国海军的声呐系统在太平洋侦测到了一头叫声奇特的鲸。普通鲸的发声频率一般在15赫兹到40赫兹之间，但这头鲸的发声频率却是52赫兹，因此被称为"52赫兹鲸"。二十多年来，它一直孤身在无尽的海洋里游来游去，因为它是世界上唯一一个用这个频率唱歌的鲸，其他的鲸听不懂，甚至根本听不见它发出的声音。可以说，它是这个世界上最孤独的鲸。

而我们的校园生活中，每个班都会有一两个这样的人。他们和"52赫兹鲸"一样，孤独地来去。他们通常长相在水平线以下，性格懦弱，畏畏缩缩，成绩永远"吊车尾"，或者个人卫生堪忧，或者手脚"不干净"。他们孤独地坐在教室的角落，没有人愿意搭理，仿佛靠近他们就会沾染上什么病毒。

初中时班上就有这样一个女生，与好听的名字不同，她有点微胖，一说话那布满青春痘的脸上就会浮起两片红云，而且成绩中下，不善交际。她上课的时候爱看那些花花绿绿的杂志和言情小说，写作业的时间也用来看闲书。这导致她的作业经常没能在规定时间内完成。正好当时我们班有个特别严厉的老师，每次查作业的时候都把她当重点监测对象。当然，基本一抓一个准。然后动辄冷嘲热讽，有时甚至会动手。在同学们或同情或鄙夷的眼神中，她通常是涨红了脸一言不发，任由老师打骂，从不辩解一二。当然，她也无可辩解。

女生们暗暗揣测她是宿舍失窃的"罪魁祸首"，男生们总在她走过身边时大声地开着不入流的玩笑。在那个年龄，讨厌一个人往往不需要那么多理由，成绩差，长得不好看，又可能偷东西，讨厌她很正常。那么大家都讨厌她，你不讨厌她，你就成了异类。这有时候可以说是一种校园冷暴力，而那些施暴者是你，是我，是我们每一个人。我们对于彼此来说是亲近的同学、朋友，但面对那些被施暴者，则暴露出了最残忍最无情的一面。

那个时候我跟她接触并不多，虽然听多了她的"逸事"，但对她并无太多抵触，最多的应该还是同情吧。直到后来她调到了我邻座，经常问问我作业，借借笔记之类的，交流才渐渐多了起来。一般能做的事情我也会尽量帮她。

直到有一天下午的课结束后，同学们都去吃饭了，教室里只剩下了我和她。她过来问我借科学作业。我着急回家，而且猜测她肯定又是拿去抄的，就断然拒绝了她。谁料她再三拦住我非要我借给她。初中那会儿大家为了抓紧时间，吃饭都很快。就僵持一会儿的工夫，陆陆续续回来了好几个同学。听罢原因后，他们都站在了我这边。在众人的劝阻下，她不甘地把试卷还给了我。我随手将试卷扔进抽屉里，离开了教室。回家的路上我隐隐感到一些不安，她刚刚难堪的眼神在我脑海里浮现，我开始反省自己是不是有些过分了，或许她有别的原因？

第二天我带着忐忑的心情回到学校，准备好好跟她说一说。谁料还没来得及开口，就发现昨天我塞进课桌里的作业不见了。好几张卷子，全是老师还没讲评的。我当时就蒙了，后来科学课上还是没逃过老师的一顿批。我几乎可以肯定那几张卷子就是她偷走的，仅仅是为了报复我昨天没给她抄作业？我的内心被委屈和愤怒充斥着，心想可怜之人果然必有可恨之处啊。昨天想好的道歉的话更是不必再提。

再后来时过境迁，我才意外地了解到原来那时她并不是要借作业抄，而是想认真学习却又怕我们嫌她烦嫌她笨，所以想自己借本作业看步骤。我这才回忆起其实我对她并不如自己以为的那样好，其实还是在别人的潜移默化中对她抱有一种看不起的心态在。同样一道问题，给她的解答可能就没有对别人那样耐心、礼貌。从一开始，我就把自己放在了不一样的高度，看似在拉她一把，实际上却在她把我当成朋友的时候将她推向更深的深渊。我跟那些冷漠的施暴者并没有什么不同。

曾经看过一篇文章，叙述的故事跟我们这段经历极像，于是为了弥补曾经的那段裂痕，我亲手抄写了一份那篇文章和毕业礼物一起交给了她。不知道她看后是什么反应，不过我想她应该理解我的意思了吧。因为后来我们虽然少有联系，但节假日以及高考我都有收到过来自她的祝福，是发自内心的对朋友的真心祝愿。

有了新生活的她也越发地开朗，朋友圈里经常可以看到她和朋友的亲密互动，那都是以前的她所没有的。我很替她开心。

孤独的用52赫兹的频率歌唱的鲸是否找到了一起游荡的伙伴我不知道，但我知道我们每一个人都有自己不同的频率。赫兹不同没有关系，这不影响我们欣赏别人的歌唱。即使听不懂，真心的鼓掌也比道貌岸然地说好听来得实在。

一个"强奸犯"的心灵史

池中灰鲤

我2001年大学毕业，直接去广东江门下面的小县城工作，在律师事务所当助理。小县城就一家律师事务所，三个从业律师，所以案源较多，我每天都为行色各样的案子忙活。即使偶尔没有什么需要出去调查或是开庭，我还要负责所里的咨询业务，忙个不停。

这天，我还像往常一样，早早赶到事务所，收拾了文案，就开始写诉讼文书。律师所附近有学校，上学的孩子们陆陆续续从门前走过，他们天真可爱，看到他们，我总想起天真无邪的童年时代，心间潮涌起不确切的感动。

这时，有个人闯了进来。一个白净的男人，也许没有休息好，他看上去疲惫不堪，精神恍惚，可是仍然遮掩不了他的帅气。

"我要找律师。"他似乎很着急，说话也有点结巴。

那时律师们还没有过来，我以为有什么重要的案子，连忙招呼他坐下来。

"我要自首，我再也受不了。"他坐下来，就急不可耐地说。

他显然以为我就是律师，我当时有点蒙。自首？该是罪犯啊！我立即吃惊地望着他，而心里在想着怎样稳住他，让他从头说起。

他喝了点水，开始讲他的犯罪过程。他说他是学校的老师，多次诱奸了自己的学生，她们都是小学生。我当时就傻了，这样的案子，严重啊，我该怎样办啊？

见我不动声色，他眼里流露出不安。"我知道我犯了罪，罪该万死，可是我控制不了自己啊，一看到她们流露童真的水灵眼睛，看到她们清纯的笑脸，我都忍不住诱骗她们，和她们发生关系。"

我心里极大愤怒，真想跳起来把他按倒在地，绳之以法。可是看到他那惶恐的眼睛，忐忑不安的表情，我似乎看到他内心的紧张和害怕。

"你要知道，她们还是孩子，每次我都劝说自己不要，可是总是忍不住啊，你要救我啊。"他眼巴巴地看着我。

我一时手足无措，不知道怎样好，我能怎样，你犯了这样的弥天大罪，换了谁也救不了你。

"你应该去自首，只有那样才能减轻你的负罪感，才能争取从轻处理。"我竟然变得结结巴巴。

"自首？"他一下子惊恐地看着我。

"是，自首，只有这样才能争取到宽大处理，让法院从轻判决。"我不知怎的有点同情他，希望他能够被从轻判决。

他沉默了好一会儿，后来说："是的，我有罪，罪大恶极，是该投案自首。你和我一起去吧，我不需要辩护，可是还是希望你和我一起去。"他极度信任地看着我。

我不知道该不该这样做，心里盼望律师赶紧来，这样就可以转给他们处理。可是又不能让他离开，不然他要是反悔不去自首，岂不是很危险？

"好吧，我跟你一起去公安局。"我鼓起勇气。

后来我们就去了公安局，他很快就被拘留，而我才放松一口气。回到所里，我向律师报告了详细情况，所里的律师们讨论了好久，最后一致同意由我来代理这个案子，做犯罪嫌疑人的辩护律师。我顿时紧张起来，这毕竟是我第一次单独代理案子，况且那个强奸犯还没说要委托律师呢。可是鬼使神差，我竟然想看看那个人最后的结局，也就一口答应下来。

下午，犯罪嫌疑人的家属过来，那是一个老父亲，他表情严肃，要我把事情经过说一下。我只好把上午的事情说了，他听了呆坐了好久，烟一支一支地抽，后来他声嘶力竭地说："我相信他，我的儿子决不会做出这样的事情，决不会。"

所里的律师都在，他们安慰老人，老人两眼发直，良久才平静下来，后来他委托我们的律师给他儿子辩护，律师就把案子转给我。

晚上我还在想着这个案子，结果一夜没有睡，想着案子该从哪里着手。后来终于明白律师们为什么把案子推给我，你想，犯罪嫌疑人已经认罪，那还有什么好辩护，什么都是铁板上钉钉啊。我只有从从轻判决来辩护，那他首先是自首，法定从轻处理，其他就该从他平时的作风着手，后来我想起他那些话，他说他总是按捺不住自己，才做了犯罪的事情，该不是强迫性精神病吧？想到这里我豁然开朗，感到有的一辩。在欧美国家里，如果能够证明犯罪分子是精神病，那么就会被认定无罪或是有罪被免于处罚。在我们国家虽然规定了没有控制能力和判断能力的精神病也不承担刑事责任，可是强迫性精神病在实践中不属此类，是要被判刑，但是可以成为量刑从轻的依据。

第二天，我去了公安局了解案情，公安机关对此案也格外重视，专门成立调查小组，根据犯罪嫌疑人的供词去调查取证，犯罪嫌疑人称任课班级的小女生他都进行了性侵犯，公安人员也就分头进行调查，果真有一些小女孩说老师侵犯了她们，整个案情基本定了。我感到无奈，可是想起本案受害人都是小学生，还未成年，她们的陈述不能做定罪依据，那么只剩下犯罪嫌疑人的供述，没有物证和其他证据来佐证，根据新刑法是不能对犯罪嫌疑人定罪的。可是想到犯罪嫌疑人自己认罪，大概都是事实，做无罪辩护不仅困难，而且也让我良心不安。

我还是再次见了犯罪嫌疑人，只不过一夜，他更憔悴了，他好像不认识我一样，一句话也不说。我把他父亲委托我辩护的事情说了，他大声说我不要辩护，我罪有应得。我试探问他一些问题，例如他和多少女孩发生关系，在什么地方，可有人发现过，他却不再说话。最后我只好无奈地离开。

出来我就去了他的学校，学校对此事做了保密，为了不泄露消息，他们专门安排了副校长接待我。我也知道这关乎学校和受害人的声誉，而且还对学生家长刺激很大，所以也刻意低调来调查相关情况。从学校那里了解到，犯罪嫌疑人平时较为孤僻，不太合群，但也没有跟人红过脸，平时很低调，只不过教学能力很不错，出了这件事，学校感到意外。

我又去拜访学生家长，他们对我都很冷淡，甚至带着敌视。很少有人让我见他们的孩子，即使见到孩子，孩子都很胆怯，我问平时老师怎样待她们，有没有经常给她们礼物，有没有单独和她们在一起，在一起都做什么？可是她们似乎都受到家长的调教，什么也不说，我只好放弃。

从犯罪嫌疑人家属那里我了解到，犯罪嫌疑人谈过几次恋爱，都失败了，或许这影响了他。他第一个女友很漂亮，只不过在热恋后为了出国跟一个美国老人走了，第二个女孩也不错，可是人家注重钱，跟一个离婚的有钱老板跑了，第三个是北方来的，不知怎的两人没相处多久就分手了，后来他就一直没有谈朋友。我听到这里，就知道他一定精神上有问题。

第一次开庭的时候，班级所有女生的家长都来了，有一百多人，法院为了防止受害人家属情绪激动，冲击法庭，派了多名法警来维护法庭的秩序。开始现场气氛怪异，所有人表情凝重严肃，我走进去就感到呼吸不畅，格外紧张。直待我申请给犯罪嫌疑人做精神病鉴定，现场才像炸了锅，一些家长激愤起来，开始嚷嚷，甚至有人骂。

控诉人和法院显然没有料到我会来这一手，但是他们没有拒绝，就宣布退庭。那些受害人的父母们都很气愤，他们似乎并不嫉恨犯罪嫌疑人，把怒火都对上我，一些人甚至想上来打我，我在法警的掩护下，近乎灰溜溜地逃跑了，闹了一身大汗。

在等鉴定结果的时候，经常有学生家长冲到我们律师事务所，我只好连着几天不上班，也因为这，县城里开始有各种谣言，说什么色魔无情地摧残幼女，闹得整个县城都人心惶惶，而且越传越玄乎。

然而鉴定结论出来后，我感到很意外，竟然是臆想性神经病。我一下子轻松许多，如果是臆想性，那就证明犯罪嫌疑人没有犯罪，在我的建议下，法院决定对受害人进行体检，看看有没有存在身体侵犯，结果经过权威医师作出鉴定，所有受害人都没有受到身体侵犯，包括那些声称被侵犯的受害人。后经法院了解，这些学生都是受到家长或是公安人员的误导，才胡乱陈述的，显然犯罪嫌疑人仅是臆想犯罪。

法院做了无罪判决，但是受害人的家长们还是很愤怒，他们放过犯罪嫌疑人，都冲着我过来，我只好狼狈地逃回律师事务所。律师们对我的表现很满意，表扬了我。可是后来发生的事情让我们始料未及。经常有人骚扰我们律师事务所，不是窗玻璃被人砸烂，就是门前被人扔了垃圾和臭狗屎，甚至还有恐吓信。律师们很无奈，最后婉言劝退我。为了我的安全，我只好回了广州。在回广州之前，我去看犯罪嫌疑人，他的家人似乎对我也没什么好感，冷冰冰的，只说送他去精神病院治疗了。我只好悻悻而回，只是后来偶然的机会去过精神病院，见过犯罪嫌疑人，他的脸色很苍白，神色恍惚，已经完全不认得我了。

现在，事情隔了这么多年，我还记忆犹新，记得那个犯罪嫌疑人的那双眼，记得那些愤怒的家长们，记得犯罪嫌疑人冷漠的家人，一切都沉在我内心深处，其中的许多事情直到现在我还不理解。

为了生男孩，那些年我们家颠沛流离……

南　北

1

伤感幽远的曲调最容易把我推进悠远的记忆长河，而关于我儿时随父母躲计划生育的那段岁月却要几近干涸在遥远的北方了。

四岁那一年，我已经有了一个六岁的姐姐，也有了第一个妹妹。妹妹是在外婆家出生的，出生不到一星期就送人了，因为计划生育抓得紧，父母带她在身边不方便。我隐约记得那天早晨她被送走的情景，我把自己心爱的紫色新外套盖在她小小的身体上，围跪在她的身旁瞅着她，也许是那时的我已经预感到了这将是永远的血缘诀别。

收养她的那户人家和我们是远亲，女人得了一种不能生养的病，家里也自然没孩子，所以至少保证了妹妹以后不用和她的兄妹们争宠，而这也正是父母在无奈中的周全举措吧。

这之后的第七年，在堂哥的婚礼上我终于又见到了她，是那么的陌生，爸妈让我和姐姐给她拿几个苹果吃，她用一种惊恐又似落寞的眼神拒绝着，七岁的她一定已经猜到我们是谁

169

了，只是不确定吧，更不敢有相认的想法，也或许心里正泛着恨意，下着决心，立誓永不认她狠心绝情的爸妈。而那眼神永远地印在了我懵懂岁月的稚嫩记忆里。

在我们农村最忌讳送出去的孩子再要回来，更不能让孩子知道她是抱养来的，能瞒多久算多久，相认也是难上加难，除非孩子自己长大后愿意相认，而养父母也是极不愿意让孩子的生身父母与孩子亲近的。而我那可怜的妹妹却在稍稍懂事时就已经知道自己的身世了，听说是她村里一个病入膏肓、生命垂危的妇人告诉了她全部，那么她又是在怎样的心境中走过童年、步入成年？而爸妈却也只能就那样远远地注视着年轻时候的他们在漂泊岁月里抛弃的这个孩子。

而这也是至此二十年中我与她的仅此一次的相逢了，姐姐也一样，而弟弟与她谈不上相逢，只是初遇。父亲母亲在镇里的集市上后来又见到过她几次，然而她的养父母却连打招呼的机会都没给。

再后来一次偶然的机会，父亲在去县里的班车上见到了她。那时她已长成一个亭亭玉立的大姑娘，辍了学，在县里的饭店当服务员。我想，父亲见着她一定高兴，只是这高兴之余是无尽的慨叹与懊悔吧，也或许疲于奔命的麻木生活让父亲只是坦然地接受了面前那个叫他"姑父"的亲生女儿。父亲给了她一百块钱，她怎么也不要，直到她奶奶说"这是你二姑父，你二姑父给你钱你就拿着吧"，她才收下了。父亲说他本想多给一点，奈何带的钱又不多，还又怕妹妹起疑心。然而尽管如此，一个素不相识的远方"二姑父"见面就给钱也令人生疑，所以她一定是已经八成肯定了这个所谓的"二姑父"就是她生父时才在心情复杂、不知所措中收下那张一百块的吧。

堂哥婚礼一别之后的不久，她的养母竟然奇迹般地有了身孕，有了属于她的弟弟。她的小学是在我一个小学同学的村小学读的；她的初中是在我就读的初中读的；她的高中是在社会上读的，她初中毕业后就辍学了，做了打工妹。她的养母不着家，在她读初中时在外瞎跑，她的养父没本事，只是个四处打零工的，甚至连家里日常用度的钱都供不上，再加上要她照顾年幼的弟弟，更何谈大学，简直痴人说梦！不过后来她家的地里探出了石油，生活改善了不少。

而以上这些，就是我们一家五口关于她的几乎全部了解了，而也仅仅只是口口相传所知。我也疑惑过，为什么父亲母亲没能为她做点什么，其实原因很简单，在生下她以后，我们全家便在计划生育的追赶中四处奔波躲避了四五年，几乎倾家荡产，回到老家后，就连做饭的柴火都是从村长家院门口的柴垛上拉来的。之后便是归零生活的从头再来，在黄土里扒拉金钱的艰苦岁月。我们姐弟三个是父亲母亲的沉重负担与责任，我想夜深疲惫的深长呼吸，早已把他们交给了沉沉的岁月，早已忘了他们其实还有一个送人的孩子。

而父亲母亲也偶尔庆幸地念叨着，说妹妹送了别人其实享了福，不像我们姐弟仨还要下地干体力活，一个顶半个劳动力。但也偶尔淡淡忧伤地带着微笑说道，其实若是当初把她留下，也就是再苦一点累一点的事儿。而我们全家讨论最多的是她的长相，妈妈说她像姐姐多一点，爸爸说她像我多一点，弟弟说她根本和我就像一个人。而我和姐姐没有发言权，因为她长大后的模样我俩没见过，然而我们心里都知道她到底长得像谁多一点。

不知道为什么，大概是画面与时间的错叠吧，我总隐约记得我出生的那天早晨，大山里那种特有的耀眼清澈的晨光洒满圆木门窗，洒满小院，泛黄的木门用铁门栓扣着，门里是因阵痛在炕上打滚儿的母亲，门外是与奶奶推攘着要闯进门的计划生育办的人。不管怎样，这确实是我出生的场景。我出生后，爷爷和爸爸托人找了关系，给妈妈做了假的节育手术，罚了七百块钱，而七百块钱在1993年也不是小数目，但为了要一个儿子，别无选择。

在20世纪80年代初的农村，留子留根的传统观念依然牢牢束缚着人们。当然生活的种种不堪里我那年轻的父母也想过放弃，只是他们不能忍受村里人的流言蜚语，"断种子""亏人了"等在当时听来特别恶毒的话语一步步刺激着他们离开了那个本不必逃离的小山村。

是的，在当时那个年月，像我父母这样为了生一个儿子而甘愿过颠沛流离生活的人也不在少数，而像妹妹一样被送人的孩子更是不在少数，医院里、大街小巷口经常有被放在纸箱里的出生不久的女婴儿也不是什么稀奇古怪之事，只是她们没有像我妹妹这样幸运而直接交到养父母手里，她们可能会被饿死或冻死。然而有些女婴儿根本没有存活的机会，在呱呱落地的没多久就被自己的亲生父母弄死后丢在了野山里，山上的放羊人总能经常碰到已经风化的小孩儿衣物或骨骸。

这些久远的记忆，让我在南方沉闷的雨季午时，备感沉重，但让我欣慰自豪的是，这茫茫世间里，还有一个人和我几乎长得一模一样，我不孤独。

2

　　我的第二个妹妹，已经不在人世了，因为母亲的孕期养胎不周，过于繁重的体力活使她出生落地时就离开了这个世界。我只知道父亲在她死后把她送到了我们门前对面的大山里，也正因为这点儿记忆，我的脑海里总有这样一幅画面：夜幕降临，黑压压且浓重的空气充斥着那座大山，只能看到略泛白的山顶，山腰上是裹着枯黑树皮的老树林，与夜幕融合成黑乎乎的一片，黄土高原冬季的凛冽寒风吹过，响起一阵凄凉幽怨的风声。不管是怎样的后期脑补而得到这样的记忆，我总是在夜深人静时偶尔地想起，想起残酷生活里一个生命的无辜。

　　她出生的地方是我们全家的第三处落脚点了，也就是我们邻县的叔伯家里。这之前，在我们县城里的那段岁月，也零零星星地烙印在了儿时的记忆里。

　　初到县城，我们租赁了一间破旧的土房，全家的生计主要靠父亲跟着小姨夫跑黄包车维持。1997年左右，县城一时兴起了一场"黄包车"热，很多人都靠着一辆脚踏三轮黄包车闯生活，所以竞争也是很激烈的，因此也成立了他们专有的黄包车车夫抱团组队抢生意的现象，于是打架斗殴争顾客便也是常事，而父亲和小姨夫受欺负的日子也是有过的。三轮黄包车车夫的日子肯定是很苦的，为了多拉几个顾客，父亲常常是早出晚归，风雨兼程，就那样几乎不停的双腿蹬一天，能不累吗？

　　而此时，七岁的姐姐却被丢在老家，一个人独自照看院落，白天也见不到什么人，村里人都忙着在地里劳作呢，而小孩子能带到地里的都在地里了，不能的也都就是未满月的婴儿，所以她也没什么玩伴儿。

姐姐说，她就常常一个人坐在我家土墙垛的后面望整个村子，望狭小蜿蜒的土路，盼望着吃饭，盼望着天黑，盼望着父亲给她承诺回家的日子快到。而唯一的任务就是给我家的驴按时添草，那时，家里的田地还是照样耕种的，所以唯一的耕种工具——驴，必不可少。除此之外的任务便是吃饭。姐姐说她总是不知道应该什么时候去一里路外的奶奶家吃午饭，于是奶奶就在我家的院子里画了一条线，说如果阳光移到了那条线的位置，她就可以去吃午饭了。而到了晚上，爷爷会来陪她睡觉，爷爷总是嘴馋地炒我家的鸡蛋吃，于是为了这件事，她向母亲告了好几次爷爷的状，因为母亲临走时告诉她要看好家里的任何东西。

年幼的姐姐一个人这一待便是好几个月，直到爷爷摔坏了腿，她才随爷爷来了县里，之后没多久就又去外婆家读小学了，而我一直被父母带在身边，于这一点儿，我是多么的幸福。

爷爷摔坏腿后，便住进了县医院，拖小舅爷找了最好的接骨医生做完手术后，为了省钱，便搬进我们那小小的租赁土房术后休养。记得那时，爷爷的术后营养品在早晨是鸡蛋炖奶粉加白糖，而我为了能每天早晨都尝着，便勤快地帮不能下地走路的他天天倒排泄物，也不嫌脏不嫌臭。

鸡蛋奶粉白砂糖外的记忆便是那次挨打。

我只记得那天晚上，好多人围着哭泣的我，挡着要打我的母亲。因为白天我和小姨家的孩子玩耍时弄丢了母亲刚缠好不久的新线团儿，于是母亲就大发雷霆，打着骂着逼我找回，直到引来了左邻右舍，而母亲依旧不依不饶。我忘记了最后是怎么收场的，但我知道母亲当时打我是给小姨看的，她认定是小姨指使了自己的孩子把线团儿偷走了。然而那只丢失的线团儿终究也没找着，不知去向，也许是我们几个小孩子把它丢到水井里了吧。

而母亲只是和那只线团儿过不去吗？她在愤恨什么？她为什么而憋屈？她也许很想大哭一场吧，可惜她已是个二十七岁的妈妈，是个被生活肆意蹂躏的母亲，她没资格哭。

不要忘了我们全家此次"远征"的任务：生儿子。这期间母亲也有了身孕，但因为吃了孕妇不该吃的一种水果而不幸流产，所以只能继续漂泊的岁月。在计划生育办的追赶下，房东也不要我们了，我们只好又辗转到邻县的叔伯家躲藏。

3

邻县的二叔是个包工头，手下有二十几个工人，在当地的一处采石场负责开采和搬运，而所谓的搬运就是人扛。父亲后来便是其中的一员，而母亲做了他们这帮汉子的厨娘，负责他们的一日三餐，还要亲自担着沉甸甸地饭菜送往工地。

这样的机会总算给了我们全家一条生路。当然，我永远无法体会当时年轻的父亲承受着怎样的生存压迫，他年轻的脊梁又承受着怎样的疼痛折磨。而母亲挺着怀胎八月的妹妹在盛夏热气腾腾的锅灶前又咬牙坚持了多少次。我却是个正逢无忧无虑的孩童，不能为他们哪怕分担只是一点点。

然而哪怕就是这样咬牙坚持的日子，随着二叔的癌症罹临，也不再有了。二叔的离去，大祖母甚是难过，毕竟是白发人送黑发人。而来年春季，三叔的意外死亡，又给这位垂垂老矣的母亲带来了更大的打击。

这些生离死别、捶胸顿足的沉重记忆随着时间已经封存，漂泊岁月的飘零记忆里我们一家还要继续奋斗下去。

4

没了靠背石头养活全家的经济来源，父亲只能偷偷溜回老家多种粮食。而那时的粮食不值钱，五谷杂粮的价值还没被参透，更不会想到大量种植土豆，况且山路崎岖窄小，交通也不便利。因此那微薄的收入根本不足以养家糊口。

邻县的叔伯家那里，山大沟深，水草丰茂，野生动物颇多，尤其是野鸡、山鸡、鸨（发音bān，当地人读bàn）子（山斑鸠）、鸽子等。当时卖一种类似蒙汗药的药物，将这些药物与玉米或荞面拌匀、渗透后，撒在山里，这些鸟吃到了一定量，药性发作便会昏厥。若到了寒冬，晕厥的它们很少有再苏醒的机会，很快便会被冻得硬邦邦的。于是，药物撒出去几天后，你就只管猫着腰拾了。而父亲每次出去都能捡几只回来，有时甚至还能捡一大尼龙袋，吃不完了便拿到集市上卖。

而记忆最深刻的就是父亲出山回来时，肩上挂着一串用绳子串起的山鸡。而我便会兴奋地跑近扯下那串东西，一个个拎起来看看，似乎希望它们是活的便可陪自己玩儿了。再想到又可以吃肉，便跑来跑去地帮父亲给它们倒水、拔毛、剔除肝脏。但我记得最香的不是他们的肉，而是做肉时熬煮的汤，再配上一碗母亲亲手擀的细白面，那真是香得不得了。

一次，父亲派我和姐姐去捡这些野物，我俩在一片蒿子地碰到了三只正在药效发作的野鸡。于是就想着逮到它们，结果因为我在这空荡荡山沟的一阵莫名大笑，把两只都给吓跑了，就剩一只还躲在茂密的蒿子下。结果害怕它啄人，我俩僵持了好久才把它拿下。而如今，我一直好奇那次大笑的笑点到底在何处。

肉腥汤细面条的美味填充了整个"逃亡期"的心酸，二叔去世后的那年腊月，弟弟终于出生了。

弟弟是晚上十点左右出生的。我隐约记得那天晚上五六点的样子，天已经黑麻了，由于我们住的那个窑洞没通上电，我和爸妈也就睡下了。我记得母亲当时躺在我的旁边，说腰有点疼，父亲一只胳膊侧倚着躺在母亲的另一侧，用另一只手轻轻触摸着母亲的肚子，一边傻呵呵地望着母亲说："他好像在动！"那神情既慈祥又可爱，我一直记得。

小孩子睡觉比较沉，等我被弟弟响亮的哭声吵醒时，只见昏黄的油灯下，父亲正一番忙碌的样子，弟弟已经被小毯子包裹好了。

于是我好奇又惊喜地凑过去看着弟弟问爸爸："男孩儿还是女孩儿？"

爸爸笑笑说："你自己看吧，看他长的啥。"之后又继续不知忙着什么，貌似在给母亲熬粥吧，但嘴一直合不拢地带着微笑。

后来父亲忙碌停当便睡了，而六岁的我却守在弟弟的旁边看了一夜。

后来等我再长大一些的时候，父亲母亲又提起了生弟弟的那个夜晚。母亲说她当时已经无所谓了，无论男女这都是最后一个了。而父亲说他当时很紧张，害怕又是女孩，都没勇气把趴着的弟弟翻过来。而等母亲一把提起弟弟的小脚丫子，确认是男孩后，应该是父亲这辈子最高兴的时刻了。

后来等弟弟长到一周岁时，我们全家终于回到了故土，终于回到了前所未有的洒脱。

心静了，会听到

手发出的声音……

我不知这二十年之痒该上哪去挠挠

——剃头师傅的故事

陶江帆

在陶家屋场，如果想做一个地地道道的村人，你一辈子可以不出远门。就像早有人设计好的那根生物链条，狗吃人屎，鸡吃狗屎，人吃鸡蛋。

先叔拎着剃头箱子从对门山上走下来时，老远便看到陶家屋场晒谷坪里狗在漫步，鸡在觅食，猪在拱土。人们端着大碗或坐或站在自家阶基上使劲朝口里扒饭菜，其实碗中没有鸡蛋，无非是青椒炒茄子、豆角马铃薯之类。这些，先叔都见过一千遍一万遍了，他不会在意，心里只琢磨着中餐上谁家吃好。

先叔负责给七个村子里的男人剃头，属于手艺人，却还种着田地。他半月来一次，一年到头大人收费不过十元，小孩减半。在谁家吃几餐饭，先叔心里有本账。大致是每户轮一餐，家境宽裕些的多吃一二顿。而在正月间和插田的时节，家家都有点菜，他就挑困难户，免得他们日后为款待自己一餐饭而愁眉不展。

是春天，几树桃花开在屋后，红艳艳的，一树梨花水灵灵地开在屋前，飘着清香。先叔在一片招呼声中，走进二嫂家。二嫂用系在身上的围腰擦净手上的猪潲，端茶让座。中午在我屋里吃饭，说定了啊！先叔笑眯眯地连声说好。其实他昨天在上屋场剃头时就得了讯，知道日子过得紧巴的二嫂家今天有媒人带了小伙子来相亲，添客不杀鸡嘛。

小时候，我是真不愿意剃头。洗头时，眼睛涩涩地睁不开，剃头时，先叔要你怎么动你就怎么动，要你不动你想动又不能动，你就烦，只盼着自己的小脑袋从先叔的手掌下尽快解脱出来。望着雄哥他们半躺在椅子上，任由先叔的银色剃刀在脸上来来往往上上下下，还闭了眼哼小调。我就奇怪。尤其是脸刮完了，耳朵掏了半天，连鼻毛都剪过了，他们还赖在椅上不愿起身。

偶尔，先叔也有给妇女们剪头的时候。一般是剪短或打薄头发。这时的先叔用力抖净白披风上的毛发后，小心地将它系在妇人的脖子上。他一手拿梳，一手执剪，咔嚓声中，三千烦恼丝就被拦腰剪断。先叔由于老婆早逝，拉扯两个儿子度日，在妇人们面前比较拘谨。而妇人却都喜欢与他玩笑。

先叔一进堂屋，大嫂就从织布机上迈下来。先叔来啦，今天有事要你帮忙。先叔笑着走到织布机旁，机上的白布细细密密平平整整，看不见线头。这布织得真好，先叔手摸着布，给我两个儿子扯几尺吧。大嫂满面春风地应道：好呵，我染好色后你来拿。

一阵急促的猪崽叫声在村里响起。先叔坐在椅子上两脚踩住大嫂家的白猪崽，从盆里掬一捧水洗干净猪后腿中间的坠肉，拿出他闪亮的剃头刀朝那一坨切下去，血像打破了瓶的墨水流出来。不一会儿，先叔用力一捏，挤出两颗糊血的肉来，利索地割下。他双脚一提，猪立即冲出人群。先叔将那小石子状的肉用力甩出去，两条狗仿佛得令循着血腥味箭一般追出村外，惹得众人哄笑一团。

先叔洗了手脸擦净刀子，收起油光锃亮的剃头箱子，坐到二嫂家的饭桌旁，与前来相亲的人喝开了家酿的粮食酒。

如今，行走在满街的休闲发廊中，经常想起有近二十年没有见过先叔了。他用过的手推剪不知锈了没有，他还能掏耳朵吗？他若是不能掏了，我不知这二十年之痒该上哪去挠挠。

我的三舅，是个阴阳先生

梓 树

阴阳先生，民间三出之一（出马、出道、出黑，其中出黑就是指阴阳先生）。多指懂些风水、阴阳八卦、五行命理的一类人；早期多从道教演化而来，为人推算祸福吉凶、生老病死等。

不知道从什么时候开始，三舅也做起了这一营生，且近几年做得风生水起，业务范围也扩展到了周边省份，交通工具也从自行车、摩托车发展到现在的专车接送。

著名导演康健宁曾经在1998年在宁夏隆德拍摄了一部反映中国民间生存状况的纪录片《阴阳》，记录了一个叫徐文章的阴阳先生的生活点滴。虽然过去了近二十年，但仍然能够反映阴阳先生这个行当在当下中国大地上的现状。

据母亲讲，三岁的时候我得了一场怪病，浑身发青，呼吸不畅。父亲先是把我背到乡卫生院看了两天没有起色后，又背我到六十里外的县医院瞧病。在县医院住了十几天不但没有好转，反而更加严重了。母亲彻底绝望了，和父亲合计后决定不看了，背回家听天由命吧。我在家里又熬过了三天，既不好转，也不死掉，母亲已经有了丢弃我的念头。

其实母亲心里是有打算的，想请个阴阳先生来看看，但被身为共产党员的父亲严词拒绝。有一天趁父亲出工不在家，母亲便伙同本家伯伯悄悄请了阴阳先生。

1976年，在概念上已经结束了"文化大革命"的中国，仍然笼罩在政治阴霾之下，发起于十年前的"破四旧"之风也还算强劲地肆虐着。尤其在大西北农村，还是没有人敢明目张胆地请阴阳先生或道士搞所谓封建迷信活动。那些给人看风水、消灾解难的阴阳、道士们，白天都是躲起来的，找不到人，夜里才敢偷偷出没。

母亲说当天深夜，那个方圆百里很有点名气的杨姓阴阳先生在本家伯伯的带领下，悄悄来到了我家。他进门看都没看我，只是在院子里转了一圈，便对母亲如此这般地交代了一番，就匆匆走了。母亲送他出门后，赶紧照他说的法子，糊了一个纸盒子，里面放了一个用黄纸剪的人形，又弄了些香烛、纸钱等物，拿到离家很远的一条背道上烧了，满怀希望但又忐忑不安地回到家里，整整守了我一夜。第二天，我便奇迹般地好转了。

我不知道母亲是不是说得有点过于玄乎，但我从她的表情里看得出来，这绝对不是她凭空杜撰出来哄我开心的故事。如此迷信之举真的曾经救过我的命吗？

三舅什么时候从的这一行，我说不清楚，但近几年看他做得风生水起的，就忍不住好奇地想探个究竟。

三舅上初中时有个同学，两个人亲如兄弟，三舅甚至经常住在这位同学家。同学的父亲便是我们那里方圆百里有名的阴阳先生。三舅上学时的知识没学到多少，但写得一手好字。于是这位同学的父亲就经常让三舅给他抄经文，抄经文的时候他也不忘在旁监督，怕三舅偷学，可他千算万算也没算中三舅是一个记忆力非常好的人，那些经文经他手抄录一遍之后，便基本已经烂熟于心。每次三舅抄写完经文回家后就在一个本子上把那篇经文默写下来，几乎一字不差。

或许是上天弄人、命运使然吧，三舅竟然自此开了窍，且一发而不可收，不仅让先生收自己为徒，还将所学运用得非常自如。

让三舅出名的一件事是帮邻村一位人家找回了丢失三天的牛。

那日，基本不抱任何希望的牛的主人，在一位庄客的引荐下来找三舅，刚要张口说话，被三舅阻止了。三舅给来人倒了一杯水，相互坐定后才说，我知道了，你家的牛丢了。那人立刻被这句话从炕沿上弹了起来，非常惊讶地看着三舅，大张着嘴却没发出声音。

三舅复又让来人坐下，慢吞吞地说，你一进门我就知道你来干啥来了，我给你说啊，你家的那个牛啊，能寻见。然后就告诉他牛在哪个方向，距离这里大概有多远。

那人复又从炕沿上弹起来二话没说就出门走了。庄客将信将疑地问我三舅，有把握吗？你没哄人吧？

我三舅说，你等着看，这个人晚上就来了，寻见寻不见到时候就知道了。

后话不表，那牛自然是寻见了，我三舅自此一举成名。从此，三舅便开始了他看风水、写殃榜、择阴宅的阴阳生涯。

前两年，在银川经营酱肉生意的二儿子买了房、生了子，三舅和三舅妈便从老家迁居过来，名义上三舅是来给儿子在酱肉店里帮忙来的，舅妈是来带孙子的，似乎开始了新的生活。

但三舅往往在酱肉店待的时间很少，经常有老家的人开着车把他接去，或超生或安宅或打整病人，甚至有房地产开发商也会在楼盘开工之前，以高价相邀前往退方、安神，乐此不疲……

可见，这一行当不但没有在农村消失，且已经在城市里扎根发芽了。

当我每次以半开玩笑的口气问及三舅，阴阳先生这个行当到底有没有科学依据或者是不是真的时，三舅的回答也很耐人回味：迷信这东西，你信则有，不信则无。我这营生，其实就是个哄人的营生，我的手指头再大，再怎么能掐会算，也大不过天地，也逃不出世间万物规律，哪能跟你们这些知识分子比。

一个竹匠的"广陵散"

王爱娣

汪竹匠住在村东头。汪竹匠大名叫什么，连我父亲都不知道，那年我家中秋节杀猪时，他去称了两斤猪肉，我看见父亲在记账本上写的就是"汪竹匠"三个字。如今汪竹匠早已回归尘土，叫什么名字就更不重要了，反正他是个竹匠，村里人都叫他汪竹匠。

汪竹匠是个脾气古怪的人，但凡有点才气的人都这样，放在现在叫个性。汪竹匠会下棋爱唱戏，还喜欢喝点酒。平日里寡言少语，一旦喝了酒，他就高声地唱戏，字正腔圆有模有样。他还爱逗小孩子玩，把人家孩子逗哭了，他则哈哈大笑。等到小孩子的哭声把大人引来了，一看是汪竹匠，便也不说什么。乡里人还是很敬重手艺人的，庄户人谁家不需要个稻箩簸箕什么的，至少竹椅、竹床、竹匾、竹筛这些生活用品你总离不开啊，何况他的手艺是那么好。

他做活讲究，编的篮子女人喜欢，样式好看也实用，拎着一篮子衣服下河手也不疼，揉个蕨菜苋菜什么的也不用担心有竹篾刺到手掌心。他就是削根扁担都比别人的好，耐用是小，还省力。一个劳动力一百五十斤的稻子上肩，一只手往扁担上

188

一搭，甩开膀子晃晃悠悠地一下子就能走个一两里路都不歇肩。

在农村里能吃手艺饭还是令人羡慕的，十里八村的庄户人家都想把孩子往他那里送，但他从不收徒，他嫌烦。我哥哥的同学讨饭料却是个特例，讨饭料大名叫张金宝，讨饭料只是他的小名，小名叫讨饭料并不是说他是讨饭出身。我们这一带民间有个习俗，为了孩子将来好养活，给孩子起名时尽量用一些低贱的称呼，就好比叫小猫子、二狗子。何况讨饭料属于老来得子，老夫妻俩到五十岁才生孩子，本来都已经从亲戚家领养了一个女儿了，谁料到年过半百还会生出这么一个带把的来，那还不是疼得宝样的，节衣缩食地供着啊！满指望他将来上个学校出来吃公家饭，谁知道这孩子读书根本就不上心，读着读着就死活不去上学了，倒是古话说得没错，"惯子不孝，惯狗上灶"。不上学便只有学手艺了，学什么好呢？女孩子一般学裁缝的多，男孩子学砖瓦匠的多，可是讨饭料从小娇生惯养，砖瓦匠是要经受得起日晒雨淋的，还要爬高爬低，他哪能吃得了那个苦，这才跟了汪竹匠。

起先这汪竹匠是不愿收这个徒弟的，但张金宝总归是自己老伴的表外甥，又加上老夫妻俩千求万求的，这才勉强答应下来。说到汪竹匠的老伴，真是个很讨人喜欢的人，我们叫她竹匠奶奶。这汪竹匠长得瘦小精干，而竹匠奶奶长得却是人高马大的，总是乐呵呵的样子，为人也大方，谁家需要个刷锅的刷把什么的，只需吱一声，第二天就可以让自己的孩子直接去拿，从来也没收过人家一分钱。她每天忙忙碌碌的，不是挎个篮子下河洗衣服就是扛把锄头下地干活。

当徒弟可不是做学生，在学校里你交了学费，只要按时上学就好，无须给老师端茶送水倒夜壶，当学徒可不行，行有行规，学徒至少在师傅家要先做年把时间的小工，师傅才肯教授真本事给你。讨饭料这头一年里每天是起得比鸡早，睡得比牛晚，吃饭时首先要把师傅的饭盛好，自己吃饭要快，要比师傅先放碗。清早上，一家人都还在做春秋大梦，讨饭料就要起床帮师傅倒夜壶，吃过晚饭大家都闲下来了，他还得到厨房洗碗刷锅。

好不容易熬到第二年，有一天讨饭料跟着师傅在人家上工，午饭的时候，照例是他先放碗，到院子里剖篾，只见他左手握住竹片的端头，右手满握竹刀背，将锋利的刀口对准竹片断面，一刀刻下去，便分出一层，到了竹节处，竹刀用劲一磕，坚硬的竹节便自然分开，竹片和竹篾在刀口上一节一节地移过，三下两下，那一层竹篾便齐齐整整地从母体上分离下来。这个动作算是得了师傅的真传，也是讨饭料最为得意的。虽然老古话说"教会徒弟，饿死师傅"，但汪竹匠不管，既然收徒了，他必定是尽心尽力地教了，至于结果如何，那就要看各人了，正所谓"师父领进门，修行在个人"。

合着剖篾的节奏，讨饭料情不自禁地哼起了当时流行的歌曲："大海航行靠舵手，万物生长靠太阳。雨露滋润禾苗壮，干革命靠的是毛泽东思想。鱼儿离不开水呀，瓜儿离不开秧……"刚好唱到"瓜儿离不开秧"时，被酒足饭饱的汪竹匠听到。

"怎么是瓜儿离不开秧？鬼扯！是秧儿离不开瓜！"

"老师就是这么教的。"

"瓜儿离不开秧，秧儿就能离开瓜不成？"

"反正老师就是这么教的。"

这师徒二人的对话本来根本就不叫事，可那时正值"文化大革命"山呼海啸的时候，当天晚上，汪竹匠的话就被放大成"攻击共产党"，那些平日里嫉妒他的同行们更是抓住机会把他往死里整，上纲上线地把汪竹匠升级到"现行反革命"，并被上报到县公检法机关，接下来就是戴高帽子游街，画脸、批斗应有尽有，挨打、罚跪随叫随到。

万人批斗那天，汪竹匠被人反剪着双手，脖子上挂了一个牌子，"汪竹匠"三个字上用红笔打了个大大的叉，讨饭料第一个跳出来，朝汪竹匠脸上吐唾沫。据说他后来还动之以情地劝竹匠奶奶认清形势，和汪竹匠划清界限。竹匠奶奶当然不会这么做，但渐渐地汪竹匠和竹匠奶奶之间有了芥蒂，这个张金宝毕竟是竹匠奶奶的表外甥，打断骨头连着筋，当初他要不是竹匠奶奶的亲戚，汪竹匠也不会收下这个徒，他不收徒也就不会有后来的这些事情，想起这些，汪竹匠就不由得生出怨愤之心。渐渐地，他和竹匠奶奶之间的隔阂越来越大，二人虽然同在一个锅里吃饭，但衣服各洗各的，晚上各回各的房间。

可汪竹匠算个什么呢，不过是平头百姓一个，并无一官半职，又不当权，能罪大恶极到什么程度呢？"文化大革命"一结束，他的"现行反革命"的帽子自然就被摘下了。但他的脾气变得更加古怪了，整日不和人说话，酒也不喝了，只在身边有人经过时冷不丁地冒出一句：喝酒误事，喝酒误事。他当然更不会再去逗人家小孩子玩了，小孩子看见他早就远远地躲开了，只是人们常听他一个人敞开了大门在家唱戏：

　　驸马爷近前看端详：
　　上写着秦香莲她三十二岁，
　　状告当朝驸马郎，

欺君王，藐皇上，

悔婚男儿招东床，

杀妻灭子良心丧，

逼死韩琪在庙堂。

将状纸押至在了爷的大堂上，

咬定了牙关你为哪桩？

那个张金宝一听汪竹匠唱戏就吓得把门紧闭，后来干脆远走他乡了。让汪老爹倒霉的那首歌名叫《大海航行靠舵手》，是一首歌颂毛泽东思想的歌曲，其实歌词也很好理解，无非是把党比作水、比作秧，把群众比作鱼、比作瓜。说瓜儿离不开秧就是说群众离不开党，可以理解为党是本，群众是末。群众的新生活，都是在党的关怀下进行的，问题是"水能载舟亦能覆舟"。这样一想，这汪竹匠说的"秧儿离不开瓜"的确更有道理。

摘帽后的汪竹匠不久死了老伴，隔年汪竹匠自己也得了胃癌，不知道他得病和那些年月的饮食无规律心情郁闷有没有关系，倒是他知道自己得了癌后，表现得异常淡定，他亲自在自家菜地选了一块坟地，隔三差五就去菜地抽根烟，直到死的前一星期，还有人听到他在坟地唱：

驸马爷近前看端详：

上写着秦香莲她三十二岁，

状告当朝驸马郎

欺君王，藐皇上，

悔婚男儿招东床，

杀妻灭子良心丧，

逼死韩琪在庙堂。

将状纸押至在了爷的大堂上，

咬定了牙关你为哪桩？

听村里人说汪竹匠自家也是有过孩子的，但夭折了。而那个张金宝连汪竹匠手艺的千分之一也没学到，于是汪竹匠的那一手绝活便成了最后的"广陵散"！

毛猴手艺人：心静了，会听到手发出的声音……

王丹枫

　　白昼幽闃窈窕如夜，邱贻生整日待在那间十六平方米的工作室里，不是手持剪刀剪材料，就是靠在皴裂的皮椅上出神，老式钟摆嘀嗒作响，静极了，有时候时间仿佛都快凝住，他还是保持着几个小时前的姿势，像一尊庄重的雕塑。

　　发小恁是想不通，说这邱贻生自打迷上了那三四厘米高的"毛猴"后，整个人都静了，活成一个"百年孤独"的样子。以前他可是那一片儿胡同里的"孩子王"，给小伙伴们做弹弓、陀螺、嘎子木枪，带着孩子们走街串巷疯闹。先前那个生龙活虎的邱贻生，魂儿都被"毛猴"夺走了，他就像潜居闹市的修禅者，斗室避日，一壶茶，一炉香，枯坐……锈迹斑驳的台灯偶尔发出嗞嗞响，光晕栖在一只只毛猴身上，活了，"清明上河图"在他的面前徐徐展开，仅相隔几尺之远，恍若一场穿越，到了最有老北京味儿的民国慢生活街市，而台灯右上方的场景则置换到了当代的市井人家……有限的房间里而涵无限的风景，这是人世。

　　他从未孤独过，曾经没有，现在更是。时间嚼着时间反刍的微响，半屋子的"猴子猴孙"翻江倒海，车马喧嚣，尘土飞

194

扬……

　　黏上毛猴，得从三十年前说起。1985年，他二十五岁，是国棉一厂的纺织工人。一日，自小喜欢绘画的邱贻生，通过胞兄引荐，登门拜访哥哥的这位擅画油画的朋友。满屋子的水粉油彩衬得素净的画室姹紫嫣红，他慢慢挪着步子看得如痴如醉，走到南墙的一面多宝槅架子前，定住了，里面有几个毛茸茸的小家伙甚是有趣，他拿起来左看右看，发现这小东西的上下部位是蝉蜕，但不知道叫什么，这位朋友也不知其名，是别人送他的。这下可好，油画没学成，倒被这不知名的小家伙给勾住了。

　　回家后，邱贻生满脑子都是这小东西，晚上辗转反侧难安。第二日一大早，他就踩上自行车敲开了大哥朋友的家门，把这小东西带回家琢磨，但始终弄不清它叫什么、怎么做的。隔了些天，他在晚报的一篇文章中方知晓其为"北京毛猴"，以两味中药为主材料做成。太神奇了，他陷进了毛猴的天地里，欲罢不能。

　　毛猴是北京独有的民间艺术。究于何时兴起，无考，流传最多的一个说法是起于道光年间，北京一家药店的小伙计因经常遭受账房先生打骂，遂决定捉弄一下他。某天晚上，小伙计用店里的蝉蜕、辛夷（玉兰花的花骨朵）等中药材粘成一只小猴，拿给师兄们看，大家都说极像尖嘴猴腮的账房先生。小伙计乐开了花，算是出了一口气。无意间，世上第一个毛猴诞生了。

　　一直等到1987年蝉蜕叫醒了整个夏天，邱贻生就开始在满大街的树上找知了壳，那年的9月1日，他的"毛猴"处女作《滑雪》诞生了，一只毛猴姿势成半蹲状、撑着滑雪杆的样子萌化了，拿给周围的邻居和朋友看，大家伙乐呵着说"蛮像"。自此以后，他一发不可收拾，疯了般地闯入"猴国"，与"猴子猴孙"共度尘世欢颜。

1988年逛地坛庙会，邱贻生在展示北京民俗的一处摊位上见到了毛猴制作艺术大师曹仪简老先生，令邱贻生万万没想到的是，他第一次见到的那只"毛猴"竟是出自这位大师之手。当然了，这是后话，他跟曹老先生熟络后拿给先生看，才知道是先生的"大手笔"。他在庙会上跟曹老聊了很久，临走时，他从包里掏出毛猴处女作请大师指点，大冷天额头上竟渗出汗珠，心"怦怦"跳得厉害，他现在还记得当时的情形。"有形但无神。"曹老言简意赅，邱贻生听后感觉像大冬天头上被浇了一盆冷水，"让没有表情、不会说话的小毛猴讲故事，把这小家伙的'神韵'做出来，你就上道了。"曹老的这句话又激发了他的热情，他心中的那股火苗又扑扑跳动。

三四厘米高的毛猴，制作看似不难，甚至有"雕虫小技"之嫌，外行人看老师傅演示一遍就能上手：首先将辛夷做躯干，蝉的鼻子做猴头，蝉的两条后腿做上肢，蝉用来抓住树干的一对大前爪做下肢，眨眼工夫，一只呆萌的小毛猴就变出来了。但是，行活里也有这么一句老话叫"隔行如隔山"，毛猴作品最难的其实不是毛猴本身，而是作品的立意和制作场景中的道具。

毛猴为什么招人迷？贵在有趣和就地取材。手艺人以物代猴，以猴代人，通过一招一式的肢体语言，传达对世间万象的感知与情怀，内里多暗藏丰富的讽刺、诙谐与幽默。为了让不会说话的毛猴活起来，邱贻生开启了琢磨人的模式，有时候他大半天静默坐在大马路牙子上窥视路人，有时候坐在咖啡馆一隅的角落里打量人，为此，还曾遭到人"白眼"，诸如被斥"变态"的谩骂，他都一笑而过。

毛猴作品所有的题材都是在讲故事。更绝的是，有的作品故事套故事，一环扣一环，达到此种境界的手艺人不多。无师自通的邱贻生，泛舟书海，穿街走巷，搜集了一大批老北京民俗的图文资料，制作了四百多件毛猴作品。2000年加入北京民间文艺家协会，2004年凭借作品"厂甸庙会"荣获《第五届中国民间文艺》"山花奖"。

虽然大大小小的奖项也拿了不少，但邱贻生一直有个心愿，那就是拜师于曹仪简老先生门下。可是三番五次登门拜师，曹老皆说："我还没有打算收徒弟的想法。"事后，他才知道老先生嫌年轻人心浮，坚持不下来，纯属是浪费工夫。但他并未死心，邱贻生形容说："虽然我也老大不小了，可每次见到曹老，我的汗毛都竖起来了，那感觉跟追星差不多。"他绝对是铁杆"曹粉"，平日里凡是看到有关曹老的报道，他都会剪下来贴在剪报簿上，这个习惯一直坚持了二十多年，集齐了厚厚一本"毛猴曹"剪报。

北京民协的一位老大姐得知邱贻生想投曹仪简门下而无望，便亲自牵线，第一次无果，第二次老大姐带上邱贻生的"毛猴曹"剪报登门游说，七十多岁的曹老爷子看了剪报后眼里竟噙着泪花，那上面有他和毛猴的人生和岁月，当即答应收下这个实诚徒弟。2008年2月2日，龙抬头，邱贻生正式拜师于曹仪简门下，成了他的第一个弟子，也是关门弟子。太不容易了，成为曹老的徒弟，邱贻生用了整整二十年。

"在技艺上我没什么可教你的，但在立意、道具上一定要有'讲究'。"曹老是个可爱风趣的老头，他给邱贻生讲北京民俗故事，也讲自己编的故事。从民国过来的人，随便提溜一段上来都比杜撰的小说精彩。有名师指点，邱贻生的创作灵感不时地像火山一样喷发着，"白吃""棒打出孝子""足球也幽默""黑客帝国""里外不是""胯下之辱"等一大批作品涌现。

与毛猴结缘三十年了，邱贻生也从大小伙子变成了"大肚腩"先生。邱贻生每年都会亲自采集蝉蜕，中药铺的蝉蜕都是碎的。二十世纪八九十年代，他在城市街巷的大树上就能找足一年要用的蝉蜕壳，但现在城里的很多胡同都被高楼覆盖了，夏天也很难听到知了鸣奏。顺义、通州的大树林里现在还能找到蝉蜕，天刚麻麻亮就出发，太阳出来后蝉就飞走了，怕蝉蜕落在草丛里，邱贻生一棵树摸着一棵树寻觅，飞虫在他身上处处留情"献吻"，露水打湿了裤管，地上的拉拉秧刺得人生疼生疼，天擦黑了方打道回府，要备齐一年的蝉蜕，有时候还得跑儿趟，每次都得备足水和干粮，邱贻生总是"玩"得其乐无穷。

流传了二百多年的毛猴，现已被列为国家非物质文化遗产项目，邱贻生也被确定为北京市非物质文化遗产"北京毛猴"第四代传承人。

谈到手艺人的困境，邱贻生说如果仅靠制作毛猴为生，他早到大街上要饭去了，卖不出好价钱，他只是用闲钱和年月在喂养自己多年来的一个爱好罢了。做毛猴心得静，心静了，才能听到手发出的声音。现在他还没有找到跟他当年那样一见到毛猴就走不动道儿的人，这事得碰，他相信老北京的这门手艺断不了，皇城根儿还在那儿呢！

为了那口馍馍，做了一辈子铁匠

何 艳

老何的手特别地大，比他闺女的脸还大很多。他闺女说他的手比他的胡子还扎人。因为上面起了几层厚茧，布满了大大小小的口子。有的只是划开表面的茧子，没有伤到肉；有的结了黑色的痂；有的还是嫩色的红肉。老早的时候没有胶布，他就随手在墙上抠点土抹抹，就了事了。经年累月，就成了双饱经风霜的手。

老何没有具体职业，他当了十年的生产队队长，几年的支书，这仅仅算个岗位，不是他的职业。那你说他是农民吧，他确实是农民，为了吃上饭，镇上家家户户都种地，他家也有几亩田。可是他也只算半个农民。另外半个是祖上传下来的——铁匠。

咣，咣，咣……他们何家祖上几代都是铁匠。从老何的爷爷的爷爷开始，就是以打铁为营生。

到了老何这代，那时大家走集体制，吃大锅饭，农民依旧是农民，穷得叮当响，吃的是两掺面（黄面和黑面）。白面馍馍是城里人的光景。农民要吃饭，吃饭就必须要种地，种地就离不开农具，农具从哪里来？

从铁匠铺来的。

那时，打铁还是一个很吃香的事情。按理说老何家是打铁的，照常光景应该会好很多。可是他们家兄妹九个，七个兄弟，两个妹妹，全都是满地打滚，满场子疯耍的年纪。家里就老何父亲一个劳动力，老何排行老二是家里最能干的娃。上面的哥哥老实木讷，你让他往东从来不往西，奶奶常说：大娃吃的比干的多。

老何从十三岁起就边上学，边到设在集市口的铁匠铺子里做学徒。家里的光景虽然难，但还没到揭不开锅。

老何高中毕业志愿当兵，他父亲看家里几个娃娃不是老实疙瘩，就是混混。还有个学龄时玩炸药，只剩一个手的。最小的三个正沿着门槛学步呢。

他去当兵走了，家里就再没个执事的。

老何的父亲从大队那里，拿走了他的志愿表。老何知道后，跑回家问，父亲不在，奶奶喊他，进到奶奶黑漆漆的屋子里。他坐在大炕上低头借着外面的光边给奶奶捻烟丝，边红了眼。老何奶奶一边咳嗽，另一边还不忘把烟斗放嘴里吃两口，拿出来咳两声，颤着声儿，"二娃，你去当兵能行，你给我在你们兄弟几个当中找个当家的。"老何低着头，没有言语。"国家不缺你一个，可是家里不能没有你。你走了，这光景，还过不过？咳咳，我打了一辈子的铁，打铁虽然苦，可这是个手艺，有了这手艺你就能在生产队上比其他人多挣两分工分。你弟兄姊妹就能有口馍馍吃……唉，当兵虽好，可咱这家里，哪容得你这样折腾。你好好想想……"

于是老何开始承起这门手艺——打铁。让家里人吃上馍馍。

铁匠铺是奶奶那时做师傅时用土盖的。房子又旧又矮，四面通风。刚开始，老何站在窗口迎着烟雾缭绕，把大锤抡起到后背打在师傅放在砧上彤红的铁块上——做起了抡大锤。

寒冬腊月风从老式窗格子刮进来，偶尔伴着零星的水滴，刮到脸上，遇到红彤彤的炉火，会立刻烘干。对他没有丝毫影响，再冷的天干起活来，也汗流浃背。晚上回到家，跟弟兄几个躺到拥挤的大炕上，一沾枕头就睡着了。那一刻也不知道苦，该是生活就是这样的。

半年后，老何开始接父亲的位置做起师傅，他哥哥就给他打下手，抡大锤。兄弟俩就这样接下了父亲的班儿。

打铁，要先把铁块放在炉上烧。炉是用土盘成的，听说这个炉特别讲究：炉子要有一米多高，要把黄土块用石磙打成土面儿，加上猪毛再加一些其他东西，这就是盘炉的基本。这样，不仅炉火旺还耐用。

盘炉子时也都会做很多火盖，寻些瓦片做模子。泥土放在瓦片上面用手抹，摸好后把它拿到空地上，让日头对着晒，晒得差不多，拿走瓦片，单独晒晒，晒干后，火盖就成了。

铁块放在炉上烧的时候，要用火盖盖着。这时候，老何坐在高脚凳上一手不紧不慢地拉炉子旁边架起来的鼓风箱，一推一拉间伴着吱吱声有风出来，炉上的火苗噼噼啪啪蹿得就更高了，铁在火上慢慢地由黑蓝色烧成金红色。一边烧得差不多，就用挑子支起火盖，另一只手间或翻铁块，继续烧另一面。老何继续不紧不慢拉风箱，铁在火炉上烧到彤红，然后用铗子夹到砧上。砧是用铁制成的，大约有五六十斤，用一个木桩架着，放在炉子旁边。

老何一手捏铁铗子，一手拿小锤，哥哥就抡大锤，先放在拱形的砧面上打，一敲一打，翻转打，上下打，那声音厚重，悠扬……偶尔，把铗子竖起来，眯着眼量量，然后再在某一个位置继续打。铁又由彤红色变成黑蓝色。放在炉火上继续烧，然后敲打，反复多次，农具就基本成型了。有的农具要箍个圈，拿另一块铁烧红后，放在铁砧侧面的长把上打弯，把两块铁接好后，对着接口打。为了让下地的人用起来耐用，接口继续在火上烧，砧上打。

打牢固后他会拿起一个铁钳，上面夹着他们铺子的印章，仅一个何字，盖在农具的背面。后放到冷水里面冷却。出自他家手里的农具背面都会刻有"何"字。这个字那时烙在镇上所有农民的家里。

夏收秋种逢集市，是他最忙的时候，很多人来铺子里面挑农具，有的则是把钝了的锄头，镐，锹，镰刀，斧头苤（pie）一下，或者扛一下（苤和扛都是西北边小山村修农具说法）。忙得两兄弟连回家吃饭的工夫都没有，只好早上从家里带个馍馍，拜托旁边豆腐匠起早做豆腐时给他留一瓢豆浆，舀一碗豆渣。中午就把豆浆放在炉上热滚，把馍馍掰成块，放进去泡泡。豆渣里面拌点辣椒就着吃，填肚子。一般兄弟俩只在吃饭的时候有所交流。老何和哥哥带六个馍馍，刚开始俩人一人三个，可是每次吃饭的时候，哥哥就从口袋里面拿盐出来，使劲放盐。后来，知道哥哥是因为吃不饱。回家听奶奶说，多放点盐就不饿了，干活还有力气。之后，老何再不让哥哥吃那么多盐，自己吃两个半，给哥哥吃三个半，这时哥哥木讷的脸上会露着喜悦，然后把豆渣往老何碗里分一点。兄弟俩埋头，吃得格外香。

老何不但是铁匠还是生产队的队长，队里的事情也归他管。常常是铁匠铺干两天，跟父亲到地里面干一天。不仅两不误，队里的事情他也管得井井有条：夏忙时收割庄稼，一些人为了多吃点粮食，就去刚收割的地里捡余留的。好言相劝不听后，老何让人拿杆秤，把要拿回家的庄稼过下称，记录下来，到时分粮食的时候加上去，算你们家分的粮食。大家最后都把粮食放到生产队，等着按人口均分。这样家家户户都有粮食吃。

秋种时候，老何给大家说，今年我们地里全种小麦，来年大家都能吃上白面馍馍。队里的老人担心没收成，反对种麦子。老何劝了好多天，没说通队里的老人们。自己脾气又倔，一个人跑到市里种子站问，小麦好还是玉米好？跟种子站的站长聊了关于怎么种麦子，麦子好，还是玉谷好。站长又听了老何想种麦子的想法，非常热心地拉了一拖拉机的小麦种子送他回家。站长临走时，他送了人家一把自家打的，做饭用的铲子。那人不理解为何会送把铲子。老何说，我家里没钱，我是铁匠，你帮我这么大个忙，我知道你家里什么都不缺，农具你也用不上，心里过意不去，就送把铲子吧，这个家家户户都能用上。

这样的老何，像来年田里的麦子——旺盛，笔直。

八十年代初，土地改革，老何带着队里的人开始划分土地。农民分到了自己的一块地，开始给自己种地，镇里的光景开始好转。

哥哥到邻村娶了一个哑巴。父亲开始张罗，给老何说亲，后来通过媒人说了另一个村的张家姑娘。姑娘人长得秀美，做事又勤快，没过两年，两人结婚了。

为了养家，老何还是在继续打铁。这时中午媳妇会从家里做好饭送过来，每天都有白面馍馍。老何打铁从来不像其他人光着膀子，夏天再热他也会穿着长袖，脖子上挂着毛巾，旁边备着水。打铁时间长了，火星给衣服烙下大大小小的洞，火热的铁渣子掉在身上，就会灼伤皮肤。媳妇给他用帆布大毡做了一个护衣，干活的时候就穿着护衣。站在炉火边，望着跳跃的火光，内心是甜的，热的，有味道的，这是从来没想过的事情，成真了。

紧接着他的孩子出生了，望着嗷嗷待哺的孩子，跟家里只有一间婚房的房子，他开始盖起了属于自己的房子，顺便也把铁匠铺重新盖了。后来有朋友喊他去外面开煤矿做生意。他心动了。

铁匠铺，兄弟几个没人干，他关了铺子，辞了队长去开矿。几年间，赚了，也赔了。后来有了第二个孩子，他重新回到镇上，开了个五金店，媳妇在经营，同时也支起火炉拿起锤子，继续打铁，并做起了八个队的支书。

那几年常常能看到镇上一些人在铺了厚厚的铁砂上堆满的铁疙瘩，地上扔满农具，墙壁熏得漆黑的铺里，边说事，边听老何叮当叮当地敲打。老何一般在打铁时都不讲话，把铁放在炉火上烧时，才或安慰，或严肃，或喜悦地讲几句。话并不多，可以说老何是有些寡言的，没架子的。可这样的老何镇上没人不信服。

直到近几年，他的三个儿女都已成家立业，生活美满，望着布满裂痕的双手。耳朵也渐渐不好使，常年在铁匠炉旁呼吸黑烟，尘雾。呼吸道，肺部都有问题，老伴劝他，他说我打了一辈子的铁，舍不得啊……后来据说身体越来越不好，才慢慢放下手里的铁锤。

夏天的夜晚，有次经过他们家门口，听到老何跟老伙计聊年轻时候的事情，回忆的语调里，尽是满足。

棺材匠人：我做的这条船，去渡没了的人

杜 凯

还记得儿时的记忆总是飘过淡淡的漆材味，就像随意地散在风中，还有那时不时飘飞四散的几片刨花，薄薄的片却各是众生相，刨花落尽，一如洗净铅华，终是成就了好木成材的第一步。我见过灵巧的手可以把晶莹剔透的玉石雕琢得栩栩如生，我也见过秀气的手可以把繁琐复杂的针线运用得灵活自如，可是当我见过一块儿宽厚的木板在祖父手里被打磨成型后就再也没能忘记，因为那第一眼是恐惧。

祖父是木匠，木匠当然是不让人害怕的。大人眼里的木匠满是各式各样的家具，大小之间渗透着木匠的灵性，孩童眼中，木匠又是可亲近的人，灵巧的手工艺品，最是能满足孩子炫耀与猎奇的需要。

可木匠又是分着行的，如果行里再往详细里分的话，祖父应该属于是做"船"的匠人。祖父做的"船"一头又轻又大载起一个人的生前，几十载过往都在船头里，一觉恍然如梦又却是死生一场，"船"的另一头又小又重，可是却渡着人后一切，死亡是最沉甸甸的话题。"船"是这样的，上面宽些好像照料着人的生前规矩，下去后作揖，握手也痛快些，下面又窄些

束着点儿腿，为了顺着下去的道安稳地走，走着走着就又能开始了。

祖父说："我做的这条船要去渡没了的人，更是要满载悲情，通着阴曹和阳间哪。"祖父世居在北方，北方的人时至今日传统观念仍然影响深远，对于"死"字仍旧讳莫如深，几乎没有人敢直接说这个字出来，要提也只能说个"没了"或者"过去了"替代，对逝者逝后风俗也更是讲究得厉害，就连去世后旁人也不能随意去看，送葬之前更是要选对放棺材的位置，就连送棺材进墓地的人也要细细选择，种种这般。

于是愈神秘愈好奇，好奇得胡思乱想，好奇得吓坏了自己，棺材由是对于我算是恐惧的事情，一看到它，我总是不免想起"没了"，"过去"，仿佛是自己，又或是旁边的人。因为祖父所以我一直对棺材保持着恐惧感，可又是因为祖父反而在让我恐惧的时候对死生的意义有了朦胧的触感。

祖父知道自己是做棺材的可一直却只叫自己"船"匠，好像在自己的行当里，直呼也是种忌讳。在我的印象里，祖父除了在为我们家制过一套家具外其余制的都是棺材，那套家具是祖父木匠生涯的结束也是开始，从那以后祖父再没做过家具，一生只在做"船"。这其中的故事有见到过的，有没见过的，可听说的往往多于前者。我听说的多是别人家的闲话，说是祖父日头下又去给谁家做棺材了，这里上了年纪的老人无论穷富都会为自己备上一口棺材，入土为安仿佛比活着更重要更有意义，可是有日头下干活的讲究仅仅祖父一家。

用祖父的话来说，这行接着阴气要和亡人打交道，干这行的除了福星要高外也要看重时辰，老话讲日头正盛的时候，阴气最弱，所以祖父只在日头下干活！这是来自十里八乡最好的棺材匠人的解释，没有人质疑，因为这行他做得认真，又最令人满意。我见过祖父将人家选买好的木材割锯成木板，板材最需要费心雕琢，该直处要直，该有角度的地方又是一定需要角度的。再用刨子刨出拱形，拱形和拱形的感觉却又各不相同，为刨出的那一层表层柔和，纹理可触，就得不间断一刨子接一刨子地，刨出一身刨花，除去刨花出型后再刷漆晾干，晶莹的漆色，淡淡的漆味就在阳光下的我的梦里徘徊。睡醒来了，好像一觉好几天，棺材就成了"船"一般的样子。

我知道的祖父一生做过一个他最"爱"的棺材，那件棺材都是祖父天天日头下磨出来的，漆色正宗，所有见过的人都说是口好材，祖父也说，做了一辈子也给自己能留下口好的，算是造化一场了。可是天有不测风云，一场突如其来的意外造就了白发人送黑发人的悲剧，祖父给自己做的棺材却给了自己的儿子，伴着他深埋祖坟的地下，杀鸡起棺的那一刹那这个多年的棺材匠抱着棺材不肯撒手，从那以后，谁也再没闻到过日头下的漆味，很久很久以前，很久很久之后。

你找过街头织娘吗？

赵亚蕾

过完年，小姨来家里吃饭，小姨笑了笑说：很感谢养母把手艺传给我，让我可以自力更生养家糊口，我本希望我的女儿也继承，但真的太苦，太苦了。

喧闹的街头，仅剩的织补摊点，几个女人，几张凳子，几筐线，我的小姨就是一位以精工织补为生的街头织娘。

小姨是抱养的姑娘，虽然家里穷，但靠着养母传给她的织补手艺，小姨也过上了不错的日子。

精工织补，和一般的织补不一样，更加精细，不用机器，靠着一双手就可以让锦衣玉袍起死回生，用肉眼几乎看不出痕迹的独特手艺。因为天衣无缝，巧夺天工，这些被誉为织娘的姑娘们一度颇具神秘色彩。早在二十世纪，上海的织补业几度辉煌，也留下不少织补大师的传奇故事。

现在随着机器制造业的发展，织补沦落成不被人看重的街头营生，日渐式微、濒临消亡。当年靠着一针一线养家糊口的姑娘们也都日渐老去，手艺难以传承。

小时候每到过年，妈妈总是带着我去街头一个角落里找小姨。小姨身材臃肿，长期吸收日月之精华使得她皮肤粗糙。每当看到妈妈，她总是咧开大嘴大声招呼我们，搬过板凳，让我们坐下，给我买些小零食。妈妈也不客气，在织补摊点旁坐一会儿，和小姨聊天。小姨手里不停，针线在她的手指间上下飞舞。

我清楚地记得一件明黄色的羊绒衫上有一个被烟头烫过的破洞，然而在小姨生花的巧手下，只见几根丝线在指缝中穿梭几下衣服就恢复了本来的面貌。我无比惊讶，小姨却是一脸的淡然，继续修补下一件衣服。

我吃着零食，望着飞舞的针线。夕阳照射在起死回生的衣服上，也映在小姨红红的脸庞上，居然有些少女的羞涩。

我无意于做能工巧匠，只是出于好奇我翻过小姨的针线盒，那是一个大大的百宝箱，五颜六色的线，一团团整齐地排列着，或粗或细，让人眼花缭乱。各式各样的针也让我啧啧称奇，这项工作的精细真是让人叹为观止啊。

我好奇地问妈妈：为什么我们不去小姨家，非要在那找她呀？

妈妈告诉我，每到逢年过节，就是小姨最忙的时候，也是最能挣钱的时候，这个时候大家四处走亲访友，总有些粗心大意的人不经意间损坏自己的锦衣玉袍。而织娘们专补真丝、羊绒、锦缎、乔其纱、大皮袄等高档难以修补的衣物，织娘们大多没有正式的工作，全靠传承下来的手艺混口饭吃，干一天挣一天的钱，回家休息就失去了收入来源。我异常兴奋，每天都有钱赚真是一桩美事啊。

直到有一天我读了《红楼梦》，才对织娘有了一个全新的认识。《红楼梦》第五十二回讲的是贾母送给宝玉一件产自俄罗斯国用孔雀毛捻成线织成的孔雀毛披衣。这件披衣金翠辉煌、碧彩闪烁，堪称稀世珍宝。不料宝玉刚披上就被炭火烧了个指头肚大小的洞。

老太太嘱咐了第二天要穿去见她。宝玉心急火燎，能工巧匠没有一个敢揽这个活。此时晴雯恰好生病，只觉头重身轻，满眼金星乱迸，她不做，又怕宝玉着急，只好撑到天明才补好孔雀毛披衣，为此差点儿牺牲。

妈妈说，小姨这一辈子其实挺幸福的，丈夫是个善过日子的人，很早便下了岗，待在家里奔小康，偶尔抽空打打零工。女儿遗传了丈夫的优良品格，毕业就找了份安稳的工作。

要是搁以前，小姨起早贪黑，冬练三九，夏练三伏，守着摊点一针一线，缝缝补补。要是刮风下雨天还好，否则还要智斗城管，打打游击战。还要和义薄云天的同行飞夺泸定桥，和大方的顾客上帝谈价钱。

随着祖国建设的突飞猛进，小姨的职业病也与日俱增，由于长期坐着小板凳，她腰椎间盘突出、腰肌劳损、颈椎病频发。更糟糕的是，工作离不开老花眼镜。养父早逝，养母年纪大了眼睛也不中用了，但仍想继续发挥余热，春蚕到死好贴补家用，小姨就是不同意，把养母接到家中照顾，养母生病的时候小姨寸步不离守在医院，养母老泪纵横，拉着小姨的手直到去世。

即将失传的绝技"打铁花"只剩这一家了

张春红

禹州城西北二十公里处，有一个被称为"少康都邑"的地方——康城村。

它曾是四千年前，禹王大帝五世孙少康"中兴"之都城，其有悠久的历史渊源，丰厚的文化积淀，这里的村民勤劳、智慧。看吧，他们表演的民俗绝活——"打铁花"，已有千年历史，璀璨的铁花在空中降落，如同千树万树梨花开，无数粉蝶翩然来。那辉煌景观，使在场观众无不引颈、侧目、惊叹！无不为自己亲历一场视觉盛宴而庆幸，震撼！

据传，最早的"打铁花"活动，充满宗教色彩和行业特征。宋代崇尚道教。社会上的金、银、铜、铁、锡五门工匠，与道士共同敬奉的是一个祖师——太上老君，所以，工匠们与道士们可谓师兄弟。"打铁花"初源于工匠们的祭祀活动。遇到道教的重大庆典，道士们也会出钱出物，请工匠们举办"打铁花"，为道教增添光彩。这无形中促进了"打铁花"活动的开展。显而易见，"打铁花"的最初目的既是为了展示本行业的气派，取悦于群众，扩大影响，等于做一次广告；也是讨个吉利，利用"花"与"发"的谐音，取"打花打花，越打越发"之意，象征着事业发达兴旺。

传说二，"打铁花"的技艺始于宋，兴于明清。康城是少康都邑，几千年来都被世人视为风水宝地，云游四方补锅为生计的小炉匠颇多，过年节时便集聚康城。他们远离家乡，思乡心切，为增加年味，讨好当地百姓，铁匠们支起炭炉，化铁为汁，互相配合，将铁汁抛洒空中，拍打使铁水四散，形成璀璨绚丽的火树银花，娱乐民众，以求和睦相处，共度佳节。时间久了，康城当地的老百姓也学会了这种技艺，"打铁花"就成为康城村每年元宵节必备的娱乐项目。据传，烧铁汁的原料以白铁为佳，尤其是耕田之犁铧为最优，又因为工匠们打出的铁花形似梨花，久而久之，"打铁花"也便被称为"打梨花"，历经千年而不衰。

传说三，河南省禹州市西部山区矿藏丰富，尤其富产煤炭，催生了有着上千年历史的铸造产业，勤劳智慧的铸造工人，在通红发亮的铁水中发现了镁的元素。每逢元宵佳节，顺店镇、花石镇一带的铸造厂便会专门熔出一炉铁水，为周围乡亲表演"打铁花"。据"打铁花"的匠人讲，每打一回铁花，都要新垒一个炉灶，把装满白茬铁块（犁铧最佳）的石墨坩埚放进灶炉，用大炭火烧约一个半小时，将铁块化成沸腾的汁水。舀铁汁的勺子由金属镁、碱石和毛土自制而成，使用前再涂上一层石墨。表演时一人持长柄钢勺，一人持浸过水的木锨，两人相距一丈左右，持钢勺者舀出玉米粒一样大小的火红铁水抛向持木锨者，持木锨者用锨背自下向上用力击打抛过来的铁水，上千度的高温铁水迸射四散，遇空气发生强烈的氧化，发出耀眼的光亮，并伴有劈啪和嗞嗞声，形成铁花飞舞，绚烂无比的景观。

"打铁花"是个体力活，每一次都需要几个人合作。这项民俗可谓险中求美，表演者需要有丰富的操作经验和高超的技艺，参加表演的二人须心有灵犀，配合默契。而且各人均需大胆、细心、动作精准。试想，铁水温度达到一千六百多度，滴在衣服上就会烧个洞，要是落在皮肤上，一定会被烫伤。因此，敢于"打铁花"的师傅，都是身经百炼的高手，他们头上戴着草帽，身上穿着厚厚的棉衣，以防不测。

据观察，每次击打出的"铁花"大小是不确定的，它由打铁花匠人的水平而定，小的铁花直径或许三五米，技艺高超的匠人击打出的铁花，直径可达三四十米，现场恰似天女散花。极具观赏性，深受当地民众喜爱，成为康城村庆祝元宵佳节不可或缺的重头戏。

"忽如一夜春风来，千树万树梨花开。"康城工匠们舞动着上千度的铁汁，伴随着劈劈啪啦的击打声，灼热的铁水在半空洒开，宛如一朵朵菊花凌空绽放，又如一颗颗流星飞速滑落，构成一幅幅壮丽异常的烟花图景。当时是：春雨如丝，从天飘落。丝缕万缕，夜空飘荡。流星飞逝，璀璨夺目。金华点燃，银蛇飞转。雪山崩倒，惊涛拍岸。铁花倒悬，如喷火山。光芒四射，蔚为壮观。

"打铁花"是中国汉族民间习俗、民间艺术中富有文化特色的非物质文化遗产。它既与民众的祈福愿望、祈福习俗有关，又与道教艺术的世俗化密切相关，同时还融入了中原地区的汉族民间信仰、民间舞蹈、民间音乐等生活内容，文化内涵丰富，很有特色。打铁花场面恢弘壮观、气势磅礴，在民众中有很大影响。打花技艺性很强，传承困难，投入大，急需保护。康城人喜欢打铁花，目前会"打铁花"的匠人也不足十人了，他们每年元宵节期间都会打几场铁花，这是庆贺佳节的最好方式，也是保护传统民俗的最有效的手段。

目前，在整个河南省甚至周边许多省市，"打铁花"的技艺几近失传，唯有禹州市康城村还有几人能把这种绝活娴熟表现。传统民俗"打铁花"有着美好的寓意：鲜红滚烫的铁汁和绚丽无比的铁花，预示着新的一年，老百姓的日子越过越兴旺，越过越红火，预示每个人前途光辉灿烂，因此很受群众喜爱。

康城村在今年首次向社会公开展示"打铁花"这种传统艺术，就得到普遍欢迎，中央电视台一套、二套，新闻频道都给予头条报道。它对尊重传统民俗，丰富节日文化生活，激发群众热爱家乡的情感，推动本地经济发展有着重要作用。因此，康城人非常重视"打铁花"文化形式，我们将会把这种民俗文化世代传承而且准备发扬光大。

猫花匠枕在海棠花丛中，睡去了

许丽丹

又是一个春天，播种时节，猫花匠离开我们去了天堂。他把他的花种子也一并带去了吧？天堂里一定可以种花吧？天堂里猫花匠的花花们一定会开得绚烂且热闹吧？

"猫花匠"是我们滨海市花友群里最为年长的花友，八十有余，昵称不知缘何而来，群里无论年龄几何的花友都喊他"猫哥"。

猫哥早年时候是这个城市里的一名公交司机，下了班，车一停，便即刻奔回家去侍弄他的花花草草。他给花们除草，浇水，施肥；给花们聊天，讲故事，唱歌。

猫哥养花一生，据说从未给花们喷洒过一滴农药，每有花友质疑此事，他必振振有词曰"人且不用毒药，花为何要用？"

据花友们说，花花们每遇虫害，猫哥务必戴上老花镜，细细翻过每一片花叶，亲手将虫拿下；每有病害，他会精心去其病枝，剪其病根，拳拳照料，鞠躬尽瘁。最后花们大多会活，他便欢呼雀跃，群里详细发了救治的方法和照片，呼吁花友们珍惜花命，以心养花；偶或会挂（养花的人不说花死了，都称"挂了"），他则神情黯然，唏嘘不已，大树下挖一小坑，将花们埋了，认认真真三鞠躬。

此情此景我曾亲见过，大榕树下他佝偻着腰背，满头银发在树叶缝隙间洒下来的阳光里闪闪烁烁，竟让我想起《红楼梦》里的黛玉葬花，黛玉为情所痴，猫哥却是为花。

花友群里经常有刚刚养花的新手们将好端端的花养得病病歪歪恹恹欲挂，发一图片，于群里长吁短叹，绝望称要弃之丢之。彼时猫哥便挺身而出，救死扶伤，义无反顾。他将花花们捧回家中，倒出盆中的湿土在太阳底下暴晒，修去花们凋零的枝叶，减去软烂腐败的根须，重又换土，植株，浇水，施肥。个把月后花花们重抖精神，生机勃勃，他再屁颠儿屁颠儿地送还人家。人家感激涕零万分谢他，他只不好意思地笑笑。

群里最欢乐的时刻就是猫哥分享时刻。花友们都晓得，猫哥手里的小苗是瑰宝，取回家去，大约它是沾了猫哥的灵气儿，活得格外的壮实和舒展，不似花市里买的，来的时候热烈绚烂，不几日便形容枯槁，奄奄一息。猫哥分享的宝贝有重瓣的太阳花种子，荷兰的百合花球，隔年扦插的欧月……每次他都是在大家一片热闹的争抢中认真地记下人家的电话地址，然后一路一路公交车坐上去，一株一株给花友们挨个儿地送去。他说大家工作都忙，他是闲人他有时间送。

我第一次见猫哥，也是缘于他给我送花苗。

我很喜欢球兰，在花市里买过数次均不得活。人们往往对于得不到的东西有一种极其强烈的渴望，时值球兰花开时节，梦里无数次嗅到她的芬芳，于是在群里广而告之求购球兰，无人理我。时至中午，猫哥上来了，他听说我数次将球兰养挂，直呼"罪过"，坦言且送我几株小苗先学习侍养，然后他要了我的地址和电话，说即刻送来。

那日大约一小时后猫哥打电话说已到我公司楼下，我即刻奔了下去。推开玻璃门，五月明媚的阳光里站着一位头发花白精神矍铄的老头儿，脚下一藤编提篮，篮里几只葱郁翠绿的球兰小苗。

我一时感动至极，眼前浮现的是花友群里争相分享的热闹场景，不承想后面的主人竟是这样一位安然淡定的老者。想这样一位头发花白的老人，提一篮青翠，走在这滨城热闹马路上僻静弄堂里，他的花花装扮了多少人家的亭台？热闹了多少人家的围墙？芬芳了多少人家的小院？人生能有此为，是多么幸福的事儿！我对猫哥，敬爱且倾慕。

再后来某一日，我随另一位花友去拜访猫哥。猫哥住的是滨城里最为古老的红砖公寓，外墙围上依稀还看得见文革时期刷在上面的白漆大字。进得屋去，室内有些黯淡潮湿，飘着隐隐的霉味儿。推开通往阳台的八格木门，室外却是一片艳阳，花团锦簇。阳台又宽又长，二十几户老式公寓的外阳台相通在一起，变成了一个偌大的花园。我见到了传说中的各种百合各种郁金香各种兰花各种欧月……各种璀璨各种琳琅各种颜色各种花香扑面而来，我呆在那里，我睁大眼睛我不呼吸我不说话我拥抱猫哥。

猫哥请我们坐在花间的藤椅上喝茶，轻轻浅浅的绿茶。边喝茶，猫哥边讲他的每一株花花，语气和表情，就像在讲他的孩子们。

临别，猫哥送了我一盆开得正绚的荷兰朱顶红，花朵是我从未见过的绝美的红，每一片花瓣都微微泛着丝绒般高贵的光芒。

我捧着朱顶红走在明媚的阳光里，我的眼泪流了下来。这样一位花一般美好的老人住在这样一间晦暗狭小的屋子里，我的心有些无力的悲凉。花友笑道，"斯是陋室，惟吾德馨。"我点头。

冬天过去了，春天来了。那日，猫哥像他几十年如一日的每个清晨一样，拎着水壶在花间洒水。大概是累了，洒着洒着他就躺下了。邻居们看到他的时候，他的头枕在一簇盛开的海棠花丛中，满头白发，面容平和。

花友们带去了无数的鲜花为猫哥送行，灵堂里弥漫着甜美的花香，猫哥安详地躺在一片花海中。哀乐响起，我听到了低沉温婉的悼词："你去了天堂，那里春光正好，百花盛开，温暖芬芳……"

当法国西南扁豆炖肉遇上中国湖南"厨子"

南城织子

"味道"是个很玄的东西，它能迅猛地擒住人的鼻息，让人惊喜不已，也能让人闻而生厌，嗤之以鼻。总之，味道这个东西能挑动人的感性神经，即使是终日以理性思考为行动指南的人，在味道面前恐怕也会不由得抛却奔走于钢筋森林时所穿戴的盔甲，露出孩子似的天真与顽皮。

从二十世纪九十年代外来美食大规模进攻中国大陆市场开始，本就享有八大菜系之"奉养"的大陆人在就餐乃至选购原材料时更有了花式繁多的跨洲越洋而来的美食参考。法式甜点、意大利比萨、日本寿司、韩式泡菜、土耳其烤肉……以往那些只出现在影片里、小说里的美食皆通通跋山涉水而来，诚意满满地吸引着人们的眼球。

上了年纪的人或许不大乐意让外来刀叉所夹之物混进自己奉行了好几十年的味觉系统，哪怕曾有很长一段时日吃的是配给、吃了这一顿下一顿还没个着落，也不管这外来客是要大张旗鼓地挑战还是要采取软磨硬泡的方式进攻。总之，夹上一丝儿便是尽了地主之谊、承了外宾之情，从此大道小路分走，不见不念，相忘于江湖。

可年轻人就不同了，逢年过节时，西餐厅、日餐厅、韩餐厅的人流阵势总能让服务员忙得只好快走加小跑。若是天气稍热些，给在门外排队的食客引座的服务生还得时不时擦擦汗，若是餐厅新来的面孔，恐怕还有招架不住的担忧。而食客也有诸多疑问：这比萨上的奶酪的产地是意大利吗？寿司师傅是从日本学成归来的吗？这一份泡菜是不是某位欧巴的同款最爱？总之，你希望尝到的每一口都是千里万里以外的原本味道，甚至不乐意接受美食提供方就中国人胃口在原材料成分配比、食物生熟程度等方面所进行的任何修改。对外来美食的热爱之情或许还会鼓动你在一周的时间里挑上三个午后来用咖啡配甜点，你或许会常常坐在餐厅露台上看人群熙攘、车来车往。

或者，再捧上一本法国文豪的小说，就好像在繁忙的学习、工作生活中拥有了一小段消磨于法兰西的悠悠时光。那慢悠悠的日子沉浸久了，你或许会将远方的美食与文字认作诗与花香，甚至将周遭的一切视为将就，直到背上行囊、远赴异乡。终于，你被曾经心心念念的法式饕餮所包围，有些是你见过的食物的原版，有些则像是外星来人出乎你的所料。

一家开在路边的糖果店像一个小型的童话王国，它用缤纷的色彩装点来访者的眼睛，门框、货架、过道，甚至屋檐、屋顶都点缀着童话里才有的梦幻情境。巧克力长成了小熊的模样、草莓味儿的软糖开成了一朵玫瑰、紫色心形的硬度如香皂般的吃食可能正是打量着它的姑娘最爱的蓝莓味儿糖果。此外，不同的地区还会带给来访者不同的新鲜感。

山城小镇的糖果有造型如雪山木屋的，夏纳小巷里的糖果店家则把巧克力制成了相机、棕榈叶的模样。不管是远观还是近看，它们都不像是可以入口的美味儿，直到你轻轻一咬、当浓郁细腻的甜美在唇齿间融化流淌，你方才为感受到的法兰西甜蜜世界的匠心独运而深表钦佩、点赞转发。

当然，零食和甜点都是姑娘们的心头好，男孩子们多半不愿在以上两种巧夺天工的艺术中捕获日常所需的卡路里，那么，超市和集市就是饱腹的来源。在海外的留学生圈子里有一句调侃式话语流传甚广，那就是"每一个莘莘学子，不是成了厨子就是成了代购"。这代购的活计，一目了然，多是为了补贴日常的开支。而厨师这个"行当"，则更多了些可以小酌的温度，可以细品的嚼头。自行掌勺除了较吃食堂、下馆子划算，因地制宜、就地取材，也是相当简便。

再者，既然如此近水楼台何不细细探索异乡食材的奥妙，抱得满月归宿舍，一补从前好奇心呢？而你的原生味觉系统如果特别牢固，家乡烙印实在盖不住，早晨起来惦记着老家街边小店或烙或煎或烤的面饼、或炒或煮或炖的米面，还有不惜冒着迟到危险也要排队喝上一口的现磨豆浆，夜里睡前还因念起家中一块红烧肉而数不清咽了多少口水，那么你在对异乡瓜果、蔬菜、肉食等展开各项实验前就已经另行制定了一套"保味"方略。

这方略的第一步是打探中国人或者亚洲人开的超市在哪儿。离宿舍近的可以一周去上两三次，离得远，则要一次买个够。消息源可能是接待了自己的中国房东，也可能是街上遇见的一位陌生但热情的中国同胞。但笔者以为最巧的，是坐在电车里而肚子"咕咕"作响时透过玻璃窗子望见了一条小巷里的一副中文招牌。若将那招牌上的"超市"二字比作久行于沙漠之人遇见的绿洲，遇久旱的农人迎来的甘霖真真是毫不夸张。

在此后的日子里，你会时常在邻近超市的这一站下车，或者在见到它的当时就跳下了车，在当天就给胃安排了这么一个妥帖的着落。往后在这家店遇到想要购买的食品正巧售空的情况，你会向店家询问下一批货的到达日期，而在下一次购买时你或许会多买上一份。

当宿舍里的厨架、橱柜摆放着贴有中文标签的调味瓶；当干辣椒、花椒、八角、桂皮等香料在热油锅中释放、碰撞而"嗞嗞"作响；当红薯粉丝、腐竹豆皮、海鲜丸子在煮沸的汤水中展现出暖人的色彩，留学生们情不自禁地深深吸入的那口气就成了与家乡风物的对话，隔着千山万水也仿佛身心俱近。

当然，在当厨师这件事上单打独斗对于大多数留学生来说还是稍显单调的，一人食，一人家乡风味儿，而众人拾柴，则或广尝众家特色、众地佳肴。逢年过节时，只见那中国学生宿舍炊烟袅袅，好不热闹。搭席的长桌通常是由几张小桌临时拼成的，可席上的菜肴一点儿也不含糊。茄子红烧成软糯状，斜卧盘中，松嫩的肉泥点缀其间；鸡翅表里如一的焦黄色泽表明它们在入锅前经过了掌勺人的精心腌制，与浇汁构成红火之色的干辣椒证明掌勺人出自某个好辣之地；玉米萝卜排骨靓汤的烹调过程不及辣味儿那么引人关注，但入席的那一刻便让众人皆拍手称赞广东小伙儿的拿手好戏；而北方姑娘张罗的鲜香饺子就是那大年三十儿里最可人的元宝……

说起饺子来，笔者虽是南方人，但也素来爱之。不管有无辣椒点缀、蒜泥作配、酱醋提味儿，能在异国他乡逮着一口儿便当是得了个金元宝，乐呵呵地要拍照留存。超市里固然有饺子可买，但那毕竟是冰冻的，顶不上现包的鲜儿，而饺子这玩意儿一包一冻后再食，吃起来似乎总少了传统中国风味儿里的自然鲜活。

这股不肯退而求其次的倔劲儿的来由和很多人在故乡故地吃起比萨时希望奶酪产自意大利的原因差不多：美食不愿辜负，纯正原味才算是遂了心愿。但也因为生长在南方，虽是喜爱饺子，平日里想吃的时候，也只是下下馆子，尝尝厨师的手艺，自己独立包饺子的次数屈指可数，至于功夫更是连"三脚猫"都称不上。这样一来，冷冻的不爱，鲜的又不会包，总不能老上北方同学那儿蹭饺子吃吧。再说，对于包饺子这个需要气氛，也需要功夫的事儿，一年也就两次：一次年三十儿，另一次冬至。

常言道"巧妇难为无米之炊"，我却要说：在打探、搜寻中国食材、食品之外，在异国他乡的"保味"方略里还有另外一条康庄大道，那就是在超市、集市里寻找与记忆里的美食相似的味道，或者，随心组合搭配中法调料与食材。碰撞会产生火花，看似八竿子打不着的调料和食材会营造出不一样的味觉体验。这样的体验在故乡未曾经历，在异乡也遇不着，它们不存在于任何美食指南的推荐名单，也不是哪支派系、哪方地域的独特招牌。

它出自于偶然的一个尝试，迸发于一个不经意的念头。尽管可能其貌不扬，或者味不尽如人意，但我也会毫不犹豫地让它们钻进回忆里，成为异国他乡生活里的值得回味的花絮。

不记得是哪天中午打开冰箱，见前一晚吃剩的半锅卡苏莱（cassoulet，扁豆炖肉什锦砂锅）和一瓶辣椒油放在一块儿，我便萌发了"开发"新组合的想法。这道名叫"cassoulet"的菜肴是法国西南地区的农家特色菜，它的名字来源于伊赛尔（Issel）地区制作的釉面陶质的特殊容器：cassole。塔布扁豆（HaricotTarbais）或洛拉盖的果果菜豆（CocoduLauragais）是这道菜的主要材料，而与其搭配的肉类通常有焖鹅肉、猪腿肉、香肠、鸭腿、鸭翅等。此外，胡萝卜、洋葱、大蒜、百里香也在其中发挥了添味提香的作用。

按照传统的做法，这些食材在放入烤炉烘烤前需要炖煮一段时间。出炉后，它不仅能让食客体会到"慢时光"里慢工出细活的简单纯朴之美，也能让食客体会到将食材与烘烤皮层慢慢分离而见得庐山面貌的视觉滋味儿。当然，如果省略烘烤步骤，它也是一道美味。豆类、肉类，所有的食材都是松软香滑的，尤其是在寒冷的冬天吃上一锅，那出门迎风踏雪的欲望便有了踏实的底气。

不过，异国特色美食再怎么名副其实，对于外来的胃口来说，它总不能成为生活里的主色。连食多餐，或许还会降了日后再食它的欲望。这时候，"开发"它的"新技能"也就成了应时之计。于是，那天中午我打上了小火，让前一晚剩下的半锅卡苏莱加水回温熬煮，并且盖上了锅盖，等到它"咕咕"冒泡，水汽模糊了锅盖的时候，我往其中加了一勺老干妈辣油。

而当汤汁变得浓稠，这便宣告了我的新加工创作的完成。后来，我又依样捣鼓了两回，还往里加了些超市里冷藏柜售卖的熏肉。熏肉先是切成了厚度大概零点五厘米，长宽各五厘米的方形，然后将它们放入薄薄的热油里一煎，后一回则是用烤制十分钟的方式减少了水分，最后再与添了辣椒油的浓稠的卡苏莱汇合碰撞。于是，那塔布扁豆成了黄豆，而法式熏肉也因为豆汁儿和辣油的双重作用而仿佛有了些许老家湖南的腊味儿风姿。此时，再将靓白鲜香的米饭就着这一锅"老相识"下肚，那滋味儿就算是烹调过程中烫伤了手也是顶顶值得的。

异乡的风味满足的是好奇，而故乡的味道满足是身心的本能。乡愁是一轮高悬于空的月亮，它有时候显得冷峻，和着"飕飕"入窗的风，在异乡人迷茫失落的夜里；但更多的是，它慷慨地展现着慈悲的面貌，在异乡人寻得、烹得、食得乡味儿后入眠的心中。

小孩小孩你别哭，过了腊八就杀猪

李文立

当"过年"的童谣在乡村的大街小巷唱起来时，年的脚步在乡村就越来越近了。年是属于乡村的，只有在乡村才有纯粹和醇厚的年味。冬腊月的乡村才是真正的乡村，乡村的人们春种、夏耘、秋收，每天都忙得脚打后脑勺，没有一天闲日子，更没有闲心情。只有到了冬腊月，人们才有闲情逸致，虽然天寒地冻，但是人们的心里暖和，充盈着无穷尽的幸福。冬腊月每天都是好日子，乡村的蔚蓝色天空每天都有鞭炮在空旷地回响。乡村的闺女出阁、小子娶亲都选在冬腊月，就连娃娃也大多选在冬腊月出生。有生就有死，上了岁数的人最怕腊月天，在乡村有个说法就是冬腊月是老天收人的时候，很多老年人都眼巴巴地盼着过年，只要过了年，就躲过了灾儿，心气儿也高了，灾病也没有了，又能硬朗朗地活上几年。

乡村的年的确是从腊八就开始了，进了腊月门，乡村像是被一种莫名的喜气给充盈着，乡村成为一个幸福的八音盒，叮叮咚咚都是美妙的声音。大黄米、红小豆、花生米、红枣、桂圆等八种材料熬成的腊八粥是这种美妙旋律的定音鼓。腊八粥在木柴的红火苗上熬得咕嘟咕嘟响，冒着沸腾的红气泡，象征着人们热腾腾的生活。

于是杀猪匠就成了村里最忙碌的人，东家请，西家叫，村里的老杀猪匠叫范三，面目清瘦，身材瘦小，像个侠士，不像人们想象中的杀猪匠，膀大腰圆，孔武有力。但是他身上就有那瘆人毛，别说是猪，就是小孩儿见了他也都往后捎。其实平时，他是一个极其可亲的人，论亲戚，我还得叫他三姥爷。

从我记事起，家里每年都会杀年猪，有时候还会杀两头猪，一头杀了拉到集市上卖，有时候不等到集市上，在家门口就被邻里抢光了。听母亲说，走生产队时，家里养不起猪，人的口粮还不够，哪有闲心养猪呢！母亲说过一个道理，就是有猪才有家，家这个字里有猪。分田到户后，母亲不但抓了一头年猪，还抓了一头母猪，我们兄弟的学费都是母亲拉巴猪羔子积攒的钱，猪成了乡民们的小金库。

养猪是一件辛苦的差事，猪其实也通人气。猪要吃得好，自己的猪当然不能吃饲料，全是黄澄澄的玉米碾成的玉米面，掺杂着时鲜的蔬菜。冬天，喂的是甜菜叶子，所以自己家的猪肉吃起来格外香。养猪还得防着猪不能生病，要是生病，几百斤重的猪也会白搭辛苦。村里有不怕猪瘟或者其他疾病的，把病猪仨瓜俩枣地买去，杀了，当好猪肉卖，让人家知道了会骂他丧天良。更有贪心吃了豆猪肉的，浑身长满了猪豆。

杀猪是大事，进入腊月，大家都憋着，谁都不想第一家杀猪，第一家杀猪，来吃杀猪菜的人会像饿狼一样，吃光锅里所有的杀猪菜。有的人家一年没见荤腥儿，所以见了新鲜的猪肉，会饕餮一样填饱自己的肚子。有些小孩儿会因为吃多了肉而积食，导致见了猪肉就呕吐，以致从此断了吃猪肉的念头。

过了腊八，爷爷就开始跟父亲和母亲念叨了："该杀猪了，选一个好日子就杀吧!"好日子是指晴天，我们童年时天那叫一个冷，冷得滴水成冰，如果不挑一个响晴的天，杀猪匠都没法伸手。另外一层好的意思是爷爷的忌讳，爷爷属猪，是腊月十四的生日，所以每年他都要提醒父母，或者早一点杀猪，或者过了小年再杀猪，一定要躲过腊月十四这几天。爷爷心里忌讳着，父母亲也都极其孝顺，所以我们家的猪一般都选在腊八之后，在村里属于早杀猪的人家，父母都心地善良，孩子大人多吃一口杀猪菜，那是瞧得起咱们家。

日子选好了，杀猪匠请到家里，因为是老亲，杀猪匠会推掉其他人家，先到我家，他拿着一个乌黑黑的羊皮卷子，卷子里是几种刀具，尖刀、平刀、砍刀。猪好像是知道自己的时辰到了，躺卧不安地哼哼着，食不甘味。抓猪的时候，母亲一般是不在场的，母亲会躲到邻居家。本家的年长兄弟都会被请过来帮忙。父亲把铁大门关上，将猪从猪圈里赶出来，猪极不自在地踱着步子，看着一群陌生人，有些慌张，但又跑不起来。如果膘肥的猪，年轻的小伙子上去就会撂倒，然后拿着麻绳子将猪四脚攒蹄地捆绑起来，有时候还要把嘴也绑住，抬到早就摆好的朱砂色的炕桌上，猪挣扎着，哼哼着，仿佛有万千不甘。如果遇到膘情不好的猪，那就要多费一番周折，这样的猪灵活，不肯就范，有年轻的后生拿着镐把，抽冷子照准猪头就是一镐头，猪哪架得住这猛烈的攻击，昏厥倒地，一群人蜂拥而至，也是将猪四脚攒蹄，捆绑上桌。如果遇到生性好斗的猪，那就热闹了，一群人追着猪撵，愣是撵不上，如果猪破门而逃，跑到街上，就会出现一街人追猪的乐子事。抓猪也是一个力气活，也是乡村的一大乐事。猪躺在炕桌上，几个后生按住猪的四蹄，杀猪匠开始上亮子了，脱了衣服，摆开架子，拿着铊条子，不紧不慢，狠而准，照准猪的喉咙捅去，刀子深深地扎进猪的心脏，一刀见血，刀子拔出来，血喷射出来。这时候我们将母亲早就预备好的大瓷盆放在炕桌旁，接血水，猪血热乎乎地在空中飞，划着弧线落入盆里。年轻人都撒手离开猪，不再抓住猪的四蹄，猪用四蹄踢踏着，血水随着猪脚的运动而不断涌出，当血水渐渐稀少，猪的浑身松懈下来，猪的一生就交代了。猪，命贱，天生就是人们嘴里的菜。所以人们对猪的死并没有多少怜惜。

接下来是吹猪，这也是传统杀猪的一道必然程序，从中可见杀猪匠的真功夫，我已经很久没有看到这种杀猪法了。杀猪匠在猪的后腿上用刀割开一个口子，将油光锃亮的梃杖插进猪的腿上，然后向猪的各个部位猛捅，原理是将猪的周身都捅通透了，便于吹气。别看范三身材瘦小，但是吹气的活一般都是他一个人在做。只见他俯下身来，对准刀口，鼓足力气，随着他的两腮变得鼓溜，猪也慢慢地圆鼓起来。猪活了，在炕桌上摇晃着。范三没了以后，这种费力气的活没有人愿意干，这道程序也就改用打气筒。用范三的话说，他这股仙气会让猪肉生香。而打气筒只会让猪肉变得没有人间味。肥猪变得滚圆后，用麻绳将刀口处绑死，就开始下一道工序。

屋里早已经烧好了一大锅滚烫的开水，风箱上摆放着一扇榆木门板，榆木门板上的血已经浸染成黑色。人们将溜圆的肥猪抬到门板上，有时候如果猪太肥，就要在锅上架一个三角架子，用来吊猪。这道程序，要用开水烫猪，常言道：死猪不怕开水烫。死猪还真就怕开水烫，滚沸的开水一遍遍地浇到猪身上，猪的汗毛孔都松弛了，猪毛被一寸寸地刮下来。如果开水浇到猪脖子上的猪鬃，就得用手薅了。剃头匠不用刀，一根一根往下薅。正是这种场景，因为猪脖子上的长鬃可以拿到供销社卖钱，工厂里会将猪鬃制成刷子等用品，所以薅猪鬃时，人们都由着性子薅，因为之前吹猪时的功夫深，所以煺猪毛时也就容易。再加上开水足够烫，都是由好柴火供的火，所以这道最繁琐的工序也费不了多大的时辰。这时候小孩子是被拒绝观看的，肥猪在锅里出来进去，容易迸溅出热水来，不小心会烫伤孩子。所以小孩子都会跑到当院里玩游戏。这边煺猪毛，那边厢猪血已经成形，女人们用吸溜的猪血灌肠。猪毛煺下来，用柳条筐盛下，扔到院子里，待风干了之后也能卖个毛八七的。

再烧上一锅干净的开水，将红里透白的肥猪再清洗一遍，开始出锅。炕桌搬到外间屋，三角架子早已经架好。人们七手八脚地将猪抬到炕桌上，杀猪匠用片刀将猪头割下来，然后将血脖子割下来，这就是杀猪菜最好的肉，血脖子肉虽粗糙些，但是配着干白菜吃，就是一个香。如果觉得还不够味，就割一些五花三层的肉块子，反正杀猪菜锅里出来的肉都香嫩可口。然后用铁钩子将没有头的猪吊起来，杀猪匠用尖刀将猪破膛，手法极其准确，不能划第二刀，如果猪膘特别肥，那就沿着第一刀再往深处划，只见白花花的油翻卷着，这就是猪油白。这时大人就会伸出手指去猪油上比画一下，说四指膘，四指膘情的猪已经是不错的猪了，估计得有三百多斤。最多的当然是五指膘，这样的猪在改革开放初期受欢迎，后来人们都不喜欢养这么肥的猪了，猪太肥，嘴刁的人们都吃不下了，都讲吃瘦肉了，这也就使瘦肉精大行其道，起初很多人家当美事一样给猪吃瘦肉精。但我们家的猪从来都是吃粮食长大的，什么饲料都不添加，猪崽是自己繁殖的，所以猪肉特别香。

猪膛开了，开始从上往下摘五脏，肺、心、肝、肚、胰，大肠小肠，板油，我是最见不得这样的场面，也闻不得那种脏腥气，所以这时候我都躲在一边。待杀猪匠将猪膀胱取出来，大人们用打气筒打上气，系上绳，我们男孩子就拿它当足球踢。男孩子踢球，女孩子也有战利品，她们会抢嘎拉哈（猪拐），凑成四个为一副，歘嘎拉哈是女孩子冬天最常玩的游戏，每次都要把真儿、轮儿、坑儿、肚儿都一一翻遍，最后把四样抓起来才算成功。嘎拉哈最好的要数羊拐，我们那儿养羊的少，所以猪拐也是极其难得的。破膛开肚摘五脏之后，只剩下白条猪了，人们就将白条猪放下来，仍旧是放在炕桌上，将猪的四脚削下来，然后将猪从猪脊骨分成两半，再将肋巴扇揭下来，再根据人们的需要将猪砍成不同的方块儿。这时母亲就过来告诉杀猪匠，这一块儿留给孩子他大姑家，那一块儿留给孩子他大爷家，那一块儿留给孩子他三大爷家……

桌上的白条猪被杀猪匠大卸八块，每一块都按着自己的天然肌理分成，杀猪匠的手法相当利落，犹如庖丁解牛，绝对没有割与砍，每一刀下去都是切中肯綮，出来的肉块也漂亮，像一件件艺术品。老杀猪匠范三没了之后，村里一下子涌现出很多的后生杀猪匠，他们不得杀猪的要领，那可真是杀猪，那真是叫猪受罪，叫人惨不忍睹，捅刀不准，煺毛不净，砍肉模糊，简直是暴殄天物。每每这时，奶奶都要念叨范三，说人家那才叫杀猪，杀猪杀出了窍门，猪都不知道是咋死的，一点痛苦都没有，现在的人啊！作孽啊！不得超生！不知道奶奶说的是人还是猪。一桌子的猪肉摆在那里，每一块都有自己的用途和去向，当然得割一块给杀猪匠。杀猪匠的活还没有完事，他开始站在院子里拾掇猪肠子，杀猪匠用自己制作的细木棍儿翻肠肚，翻猪肠子、猪肚子也是一个巧活，弄不好会弄一身猪屎，弄好了滴水不沾。一般人家在猪被杀前一天就不给猪进食了。我们李氏家族一家老小对猪上水和猪下水这些零部件都不感兴趣，所以这一套被称作灯笼挂的上水、下水都要送人，肠和肚都让杀猪匠拿走。猪肺、猪肝、猪心、猪腰子等都送给大姑家，大姑父最喜欢用这些东西鼓捣出一些特殊的菜品。

一头活生生的猪就这样成为鲜嫩嫩的猪肉，让人仿佛闻到杀猪菜的香味，其实在杀猪匠做扫尾工作时，杀猪菜的香味已经从沸腾的大铁锅里四溢出来，满村子的街巷都是杀猪菜味，在童年的天空里萦绕，同时萦绕的还有那首过年童谣：

小孩小孩你别哭，过了腊八就杀猪。

小孩小孩你别馋，过了腊八就是年……

外公的夜歌子，为逝者招魂

雄 英

外公并不想死，他的求生欲望很强。生病住院时，他拉着他最小的儿子诉说，如果吐词不清了，就用冒着亮光的眼神告诉他最小的儿子，他想活下去，活下去。

七八十年前，一个傍晚的人雪天，单薄的粗布衣挂在他身上，一个灰癯癯的布口袋挂在他脖子上，步履蹒跚，他实在太饿了，直不起腰，漫无目的地路过一户又一户人家，没有去敲门，十岁的他最后眼冒金星倒在了一户人家门口，屋前有许多光秃秃的枣树。到了天黑时，那户人家准备关厅房的大门时，救起了他。我外公从此成了这家人唯一的孩子。

那之前的日子是非常难挨与贫穷的，成了人家养子之后，稍微好一些，至少有饭吃，可以读书，做事辛苦总会过去。在外公的生父家，没有吃的，经常饿得去乞讨，一寸一寸地走，一家一家地走，翻越一座山又一座山，看到人家生了火冒了烟更是拔腿往前冲。但其实，几天下来甚至说长时间下来，也没有太多收获。因为那个年代，谁都不容易，谁家都困难。

我觉得躺了好几年病床的外公，有点像他自己——年少时的他，身子单薄，摇曳风中。仿佛又回到自己的命运无法掌握的时候，虽然他的子女多又孝顺，全力去医治他、轮流宽慰他，但是年纪到了，自然的循环没有办法逃避。即便你找的是多有名的医生、用多么昂贵的药，人生的必经之路，你无法绕道。好像外公变回了那个流浪少年，以前是叩响一家一家的门，现在是叩响一个又一个他信的神，祈求能活下去。

外婆说现在的日子好过了，什么都不愁，还有这么多后辈，子女又孝顺，他当然舍不得走了。他舍不得走，他流连忘返。有的时候外婆守在病床前，拍拍外公的手说，你放心，没多久，我也去陪你了，不会让你一个人上路的。

其实我对死亡，乃至别人的死亡我都没有办法接受。因为死亡意味着消逝，什么都没有了，就像千与千寻中忘记自己名字的白龙。从来没有人跟我说过，他能够坦然去面对。死亡意味着，他生命中曾经遇到的所有，全部不复存在。就像花费其一生的时光，去没有退路地追求了一个幻梦。于我自己，我恐怕连面对时间逝去的胆量都没有升级成功。

有一回，随一位姐姐去参加她丈夫三十周年的本科毕业聚会。三十周年意味着什么呢，意味着当时在座的各位已经是或者过了知天命的年纪，华发已生。龙应台在《1964》写了一段："孩子们，今天十二岁的你们，在四十年之后，如果再度相聚，你们会发现，在你们五十个人之中，会有两个人患重度忧郁症，两个人因病或意外死亡，五个人还在为每天的温饱困难挣扎，三分之一的人觉得自己婚姻不很美满，一个人会因而自杀，两个人患了癌症。"那天聚会时，我发现每个人感觉谦谦和和的，倒是姐姐带去的两个十一二岁小儿子备受瞩目。

在外公晚年时，除了在家休养外，还有一个职业，就是唱夜歌子。我们老家处于湘中地带。那边有一个风俗就是有人过世后，办丧礼时，会请当地会唱夜歌子的老人去唱夜歌子，从第一晚下半夜唱起，直至出殡前为止。夜歌是古楚语演变成的一种丧歌，与屈原的《招魂》类似。外公的夜歌基本是自编自唱，我不知道外公唱夜歌子有没有记录过，只记得有一个拖长音。

民俗记载说，人死后灵魂不死，它还要去阴曹地府，经阎王评断生前的是非善恶之后，再转世投胎。善者可超生进三道：仙道、贵道和人道，恶者则不能超生入这三道，只能去变做畜牲和禽兽。所以在亡者刚死时，家人和世人们就要邀集歌师，给死者大唱赞歌，请神鬼让他（她）早早超生，早入仙、贵、人三道，免入兽道。

外公唱的夜歌子我听不太懂，只知道大概是有对逝者的缅怀、歌颂以及对这个灵魂的祝福。有时候外公一个人唱一整夜，几个人接力唱，有鼓有铜钹有二胡等，像一个小小的黑色乐队，唱夜歌子的人就是主唱。

有可能在睡梦中，你会隐约听到如泣如诉悲伤不已的夜歌，让你也为这个人的逝去心中酸楚。唱夜歌子的人，声音极具穿透力，如果这个村里，开始唱夜歌子，那么十里八乡都知道这里有人逝去。在深夜安静的乡村里，它可以穿过黑夜的薄雾，直抵你的内心。外公对唱夜歌子还蛮热爱的。有一回，观音诞辰日，我们去衡山烧香。舅舅、几个表哥还有我，带着外公驱车前往。到了深夜，表哥突然提议外公唱一曲夜歌来解解乏，外公快八十岁的人了，运了一下气，毫不迟疑地唱起来。一路唱到了衡山脚下。

有时候在想，为什么每天有那么多人的逝去，又有那么多首赞歌被唱出来，像一个无解的问题一样循环。以前在外婆家，听长辈攀谈，有时候会说这个湾里，谁是什么时候过世的，现在还有哪几个同辈人之类的话，都是涉及到死亡边缘的话题。

但是我发现，当人们没有准备自己真正去面对一件事情的时候，往往谈论起来，都会是轻松如常的状态。当真正面对时，有可能仓皇逃窜。这是人的常态。外公以前身体好的时候，插科打诨地说到自己以后若病入膏肓会如何如何不在乎等等。当外公生病之后，我感觉他又害怕又恐惧，他喜欢握着晚辈的手，久久不放。每次我去看他，总感觉外公面对自己时，力不从心。对此，我很难过。

年前父母回到十几年前的老家过春节，有以前关系好的邻居来串门，拉拉家常。有一个五叔，蜡黄的国字脸，眼睛倒炯炯有神，早年离异，带着儿子生活，可能是见惯了村里的老人一个个离开，所以当我父母聊起以前的旧人时，若是已经故去，他都会说：他呀，去年去当开山工了；她呀，早几年就招去山上做开山工了……弄得满堂大笑。他自己也笑笑。把死亡看成一个类似活着的去处，虽说是玩笑话，也是另一种出路。

幸好感同身受这个成语不是字面意思，否则，我会认为这个成语说起来太轻而易举、太"流氓"。毕竟，谁也不会跟死神说，"我在一朵像兔子的云下面等你"。

身坐娘房透夜想，想起我身的妹娘

——女书传人

唐朝辉

　　唐保贞不会写女书字，也不认得汉字，她女书歌唱得好，远近有名。

　　她的歌声不会再有了！真真切切地消失了？她是从哪里离开的？

　　她不会再回来了，因为，她不留恋这个世界。

　　进了村子，问，高银仙家在哪？

　　没人不知道。

　　问，唐保贞家在哪？

　　问村子里的农民，问女书园里的工作人员，这个告诉你，唐保贞没住在这；那个人说，唐保贞？住得比较远吧？再问，有人会说，唐保贞？她的房子好像没有了？

　　何艳新老人否定了所有人的回答，在她的记忆里，高银仙家对面就是唐保贞家，隔得很近，具体在哪？她也记不得了。

　　在高银仙家附近，来来回回地找，何艳新老人转了几个圈。

　　"就在附近啊，很近很近的地方。"

　　老人自己找，一个人，自言自语，说着土话，在高银仙家门前的小巷子里，来来回回地走，找不见。之后，她穿过高银仙家，墙的另一边，她站在那里，不动了，停下来，站在那里——没有说话。

你走过去，与老人站在一起，你也不能说话了，你认识，这就是唐保贞的家——高银仙家隔壁，一堵墙，两片天。五六位同来的寻访者，都过来了，站成一排，没人说话——面对的不是房子，而是贫寒、苦难、雪雨、战栗的坟墓和墓碑，你们肃穆而立，祭祀一个生命的歌者。

站在唐保贞生活过的屋子里，与站在义年华家的感受完全不一样。

晚年的唐保贞，一直在生病，病痛常年游荡在她的身体里。房子只有三面墙，另一面，空着，向大地敞开——好像是为了报复，为了给仇家看家里的破败之象。几根木条支成一个并不重的屋顶，木棒支起一个篷，向着田野，迎风，看雨。天热，房间里热。天冷，屋子里同样的冷。

唐保贞坐在靠墙的最里面，徒劳地躲着南方的寒气，她的徒劳，源于自然的本性，屋外，大片大片植物，扎进土壤里，往深里长，躲避冰雪的寒。从屋里，远方的远方，山之前，还是山。群山之间，唐保贞没有像阳焕宜那样，像一株行走的植物，在树林里受到层层保护。

唐保贞，一只小兽，出生就被人类设置的老虎套夹伤，她不断地寻求生路，而世界，投掷给她的是冷箭和刀枪，小兽的命运，可想而知，岁月悠长，她亦忧伤——伤害太多。

老年的她，坐在不能称之为房子的屋里，桌子、椅子、床、餐具，都有，这些物件，在唐保贞这，仅仅只能用一个个名词来说出它们。一目了然，这些都是垃圾。垃圾散在屋子的各个角落，她，则拥坐在垃圾堆成山的床边，一个被诅咒的五步距离的半圆，老人，在里面，已经走不出这深重的诅咒。

披着一头散乱的白色、灰色混杂、参差不齐的头发，头发——打折、回弯，捆绑。一件旧式长袍松松垮垮地穿在身上，多年前，长袍对抵御寒冷已失去了一切意义，所有功效已灰飞烟灭，生命枯黄，不知所向，只剩躯壳被老人不断地紧护在身上，暖和在云端，看着，被南方的北风，吹到很远、不可见的茫茫之地。

老人，坐着，身边凌乱地堆满了衣服、鞋帽、被褥等杂物。

衣服只剩一个形象：灰色的旧，旧得发黑，多年来，不能下水清洗，水会把衣服流成碎片。

唐保贞随手从身边的一堆衣服下面，准确地抽出一把照片：曾经的姊妹，奇迹般地，都幸福地像花瓣一样，绽放在她面前，她们都活在影像里，每天，唐保贞都会拿出结交姊妹的这些照片，这是她唯一活着的粮食。

"这是我们七姊妹，这是高银仙，这是年华，人家七十岁就不在了，……我没有死，是受苦来，受难来。"

说话，停顿，休息，长段地停顿，是生命的间断。无力、不再有希望，填充着无力的呼吸。她声音颤巍，像呻吟。姊妹们去世前，她们经常在一起唱歌，互相安慰。

唐保贞会唱很多女书歌，在旧时的歌声中，兴奋又忧伤，没有剧痛和孤独到冷的绝望。现在，唐保贞，满脑子都被死亡的念头占领。

她裹过足，干不了重活，后来，又成了寡妇。

丈夫，赌光了家里所有的钱，包括唐保贞的嫁妆，也一件不留地在家中慢慢地消失，几年后，家里，成了空房，没任何东西可以拿去赌了……

一个上午，丈夫骂骂咧咧地走出家门，报名当兵去了，从此，全无了音信。有人说，他一上战场，对天放了几枪，就倒在战壕里。有回来的邻居说，他是条汉子，一个人冲得最快，冲进一堆日本兵里，死得很悲壮。各种说法都有，结果是一样的：当兵时间很短，就死了。

唐保贞，一个人上山用弯刀砍柴，扛下山。小脚负重走路，何其艰、何其难？只有唐保贞眼眶里打转的泪珠知道。

田里要追肥，她大担大担地挑粪，肩膀沉重，小脚深陷进泥巴里。

"都是我做，确实没有吃的，我向邻村蒋跃权借了十二担谷，两年还不起，他天天来要，还要铐我，你铐我也没有啊，又要送我去监狱。"

说到蒋跃权三个字，唐保贞节奏变慢，情感复杂，有内疚，有歉意，有无奈。她不停地说——

"好苦……难啊！"

坐在垃圾堆似的屋子里，她不断地把身上的旧大衣裹了又裹。

"实在太冷了。"

唐保贞说话如唱歌，有声有调，长调突起，断调戛然而止，只是拖出来的调调凄苦——深含人生苦难。

她每每说完一句、半句，就抱着、紧一紧裹在身体上的被褥——一床开了花、掉了絮的被子。她靠在土墙上，脑袋耷拉了下来。斗志和歌唱都没有了，飘扬的声音再也不会从屋子里传出。

唐保贞娘家在上江圩夏湾，后嫁到白巡村，十九岁那年，丈夫病故，第二年，丈夫的弟弟说过继一个儿子给她，让她不要再嫁。唐保贞把族长、坊老，以及亲戚里比较有声望的几位前辈，她个个叫齐了来。

"收养儿子也是不妥，我才二十岁，还是情愿改嫁。"

改嫁，与女不二夫的过去的习俗是相对抗的。

唐保贞，改嫁到蒲尾村，与高银仙成为隔墙邻居。

改嫁后的生活，唐保贞，只是在延续其苦难罢了。

结交的七姊妹中，唐保贞排行第七。丈夫去世后，四姐胡慈珠写了封女书信来慰问她。一段源自意大利学者在二十世纪九十年代的采访录音中，唐保贞老人回忆起胡慈珠写给她的这封女书信：

身坐娘房透夜想

想起我身的妹娘

把笔写书双流泪

丢下妹娘冷凄凄

不怪丈夫缘分浅

落地两声注定来

你夫二月落阴府

孤立轻轻呼唤人

情绪失控中的唐保贞，夜风来袭之时，独自一人，在家里，打开折扇，一遍遍地诵唱四姐写来的女书信，悲凉透身的心灵里，有了丝丝暖意，她看到了黑夜的大海里，远处的灯塔……她听到解冻的身体里，土地松动，冰融化成水，嫩芽顶起一块小小的湿土。

对江永地区流传的民间故事、具有浓郁生活的女书歌谣、流传在上江圩一带的女书抄本，唐保贞非常熟悉，大部分都能唱出来。

唐保贞把姊妹高银仙的字绣出来，也很漂亮，姊妹们很喜欢。

晚年，唐保贞更是度日如年，她只想生命的火焰早点熄灭。太苦了，病、贫穷、孤独，日日夜夜折磨着她。

门外大片竹林环绕，河流从屋前流过。不息的流水，大自然的丝丝生机，是否让唐保贞得以残喘生存？

站在唐保贞的房子前，里面堆放了各种废弃的竹篱笆，成捆成捆的树枝、柴火，堆在里面。

陪莲梅来的年轻女孩，着白色上衣，大纽扣，背双肩包，黑发，扎成一束，齐刘海。何艳新老人，白发，略显凌乱，满脸皱纹，穿暗紫色薄棉衣，左上角绣了四朵小花。她们站在唐保贞只具外形的房子前。一言不发。

现在的房子，与唐保贞生前居住的模样，大致差不多，现在，比之前还略为好些。

屋子里开始长草了。

转到屋子的正面，看不出屋里的凄凉，正面墙粉刷过，像一栋不错的房子。木门上的支架，散架了，还在支撑着，不知道的人，以为房子只是年久失修而成此破败景象，殊不知，唐保贞生前所居，就是如此。

唐保贞蜷缩在角落里烤火的记忆——永久保存：房子、老人、裹着寒冷、破败、呻吟之声……光，与之前一样，只能照在木柱上，进不了屋子。

要不了几年，唐保贞家的墙，就会倒塌，成废墟。

唉！那一对戏子夫妻

朵 娘

三十年前的月亮早已沉了下去，三十年前的人也死了，但是三十年前的故事还没完——完不了。

在我非常小非常小小到还要爸妈抱着的时候，我总被爸妈抱到村里的大晒谷坪看戏。那时候的印象除了满晒谷坪的人，就是满村的敲锣打鼓声和鞭炮声。

再大点，我经常自己去晒谷坪看戏。其实，看戏是看不懂的，但却爱这份热闹，尤其爱钻到后台看戏子们化装！那一张张如牡丹花美丽的脸庞，那些小巧精致的簪子……直看得我目瞪口呆。我爱这份古典美，总是良久地趴着打量她们，我也爱看小牛或武生勾脸，寥寥几笔，便勾勒一张活灵活现的脸谱。

三十年前农村正兴搭台唱戏。东家老爷六十大寿，西家李大海新屋落成，南边王家添王孙，大家都爱搭台唱戏热闹一番。就如现在农村结婚，大家都争相搭台请司仪，演绎各种歌曲舞蹈热闹一番，好像谁家的排场大，谁家就有面子！

那时我窥视过的花旦和小生，就有廖金玉和王根生。我年纪小，对戏剧不懂，他们唱得好不好，我一点也不关心。我关心的是那一张张化装后的脸，和戏台子下面的炒干货、冰棍儿。

但奶奶尤爱王根生的嗓音，说他的唱腔声音深厚、高亢、字正腔圆、充满正气！

关于王根生和廖金玉前三十年的故事，其实是我从奶奶那听来的。

王根生长得矮，就如矮灌木，低矮低矮的，他父母担心他力气活干不来，就让他去拜师学唱戏。他倒也争气，跑龙套、偷师学艺，从娃娃生、二小生一步一步成为一个大小生。廖金玉是他的师妹，也就是他师父的女儿，身高就如细竹竿，后台那众多牡丹花中，腰线最细长的就是她。

矮小的王根生是如何追到小师妹廖金玉的？当年，奶奶是这么说的：王根生不但会唱，一张嘴巴还特能说，天花乱坠的，一会说，一会唱，廖金玉就以为自己面前站的是飘然而来的公子哥，举手投足，风度翩翩，言谈之间，妙趣横生。

人们都说三十年前的廖金玉就像七仙女下凡，婀娜多姿，声线清越明亮、腔调婉转圆润、流畅如黄莺。可惜的是，插在了"牛粪"上。无论卸装后俩人是否有尴尬，但在热热闹闹的台上，俩人始终是打得火热，就是男才女貌神仙眷侣。

三十年倏忽而过。

农村里家家买电视，家家通网络，早就不兴搭台唱戏了。王根生和廖金玉的唱戏生涯随着时代的发展戛然而止。读书时代寒暑假我回家，偶尔能遇到王根生在家乡的小河边吊嗓子。有时候，廖金玉也在。廖金玉低哑着声音和王根生一高一低地唱着，有时候，她还会在黄昏下风姿绰约地转圈。

即使不唱戏了，廖金玉仍爱穿桃红柳绿的袍子。头发也梳着高高的髻。农村里不兴化妆，个个素面朝天。就她爱描眉勾眼线打腮红涂涂抹抹，偶尔还涂口红，那些沟壑里的浓墨重彩，在夜晚的灯光下看起来有点狰狞。人们嘲笑她半老徐娘做派，她讽刺人家黄脸婆。

她不勤快，王根生更是散漫，力气活干不来，除了会唱戏，啥都不会。整天没事小河边吊吊嗓子，听听黄梅戏。俩人大部分时候一起逗笑，在家自己搭台唱戏。但经济危机的时候则演上打戏了。廖金玉抱怨，三十年前，你许诺过我一世无忧的，没有想到这般贫困潦倒。

三十年前。那是三十年前啊！谁能想到世事会如此变迁，人们居然不爱看戏了！

王根生总是抱怨了又抱怨。他哪里知道，不是人们不爱看戏了，是爱看戏的老人们都已经不在了。其中包括我的奶奶。我奶奶去世的时候，叔伯们搭台请王根生夫妇俩唱了一台戏。

她如遇见了尘世最凡俗最卑微的幸福——穿上戏服，上妆，勒头，贴片子，吊眼，插发簪——成为一位满头珠翠，身姿婀娜，又是风情万种的花旦！他也是如此，穿上戏服，上妆，勒头，贴片子，吊眼，不过此时他演的是老生。戏里俩人如痴如醉，仿佛东方不败重出江湖，诉不尽的衷肠。

之后，他俩又忙起来了。因为办丧事，农村搭台唱戏又开始流行起来，并借助了高科技设备，音响，电子字幕，团队化操作……一切变得高大上，唱戏的人却有了失落感。

热热闹闹的舞台，年轻人打牌的多，看戏的少！能带动全场气氛的，只是他扮演滑稽老生演的"耍戏"（相当于现在网络上流行的黄色小段子）而已。

王根生说，他不在乎是不是给故去的人唱戏，不在乎是不是挣死人的钱，可是，可是……

他说这话的时候，眼神落寞，犹如做了一场好长好长的梦。醒来，村庄里的生活依然日复一日地平淡着。春天弹棉花，夏天晒棉花被，冬天盖棉花被……小孩子出生了，老人过世了，生命来来往往。王根生和廖金玉现在早已不在台上唱戏了，他们说里里外外就没有几个真听戏的。他们现在就在过世老人的灵堂前唱夜歌坐夜歌。他们说，那些逝去的老人能听懂他们唱的。

图书在版编目（CIP）数据

有故事的人.第一辑 / 严彬主编. -- 北京 ：作家出版社，2017.4

ISBN 978-7-5063-9365-2

Ⅰ.①有… Ⅱ.①严… Ⅲ.①纪实文学－作品集－中国－当代 Ⅳ.①I25

中国版本图书馆CIP数据核字（2017）第036909号

有故事的人（第一辑）

主　　编：严　彬

责任编辑：李宏伟　秦　悦

装帧设计：丁奔亮

封面摄影：鬼　金

出版发行：作家出版社

社　　址：北京农展馆南里10号　　邮　　编：100125

电话传真：86-10-65930756（出版发行部）

　　　　　86-10-65004079（总编室）

　　　　　86-10-65015116（邮购部）

E-mail:zuojia@zuojia.net.cn

http://www.haozuojia.com（作家在线）

印　　刷：北京明月印务有限责任公司

成品尺寸：135×210

字　　数：174千

印　　张：7.875

版　　次：2017年4月第1版

印　　次：2017年4月第1次印刷

ISBN　978-7-5063-9365-2

定　　价：38.00元